PÈLERINAGE

DE

NOTRE-DAME DE LA SALETTE

OU

GUIDE DU PÈLERIN SUR LA SAINTE MONTAGNE

Par les PP. J. BERTHIER et PERRIN, missionnaires de N.-D. de la Salette

SE VEND AU PROFIT DE L'ÉCOLE APOSTOLIQUE

LA SALETTE

PAR CORPS (ISÈRE) CHEZ LES PÈRES MISSIONNAIRES

PÈLERINAGE

DE

NOTRE-DAME DE LA SALETTE

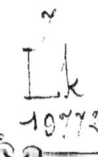

Grenoble, imprimerie BARATIER ET DARDELET, *Grand'rue, 4.*

PÈLERINAGE

DE

NOTRE-DAME DE LA SALETTE

OU

GUIDE DU PÈLERIN SUR LA SAINTE MONTAGNE

Par les PP. J. BERTHIER et PERRIN, missionnaires de N.-D. de la Salette.

SE VEND AU PROFIT DE L'ÉCOLE APOSTOLIQUE

LA SALETTE

PAR CORPS (ISÈRE), CHEZ LES PÈRES MISSIONNAIRES.

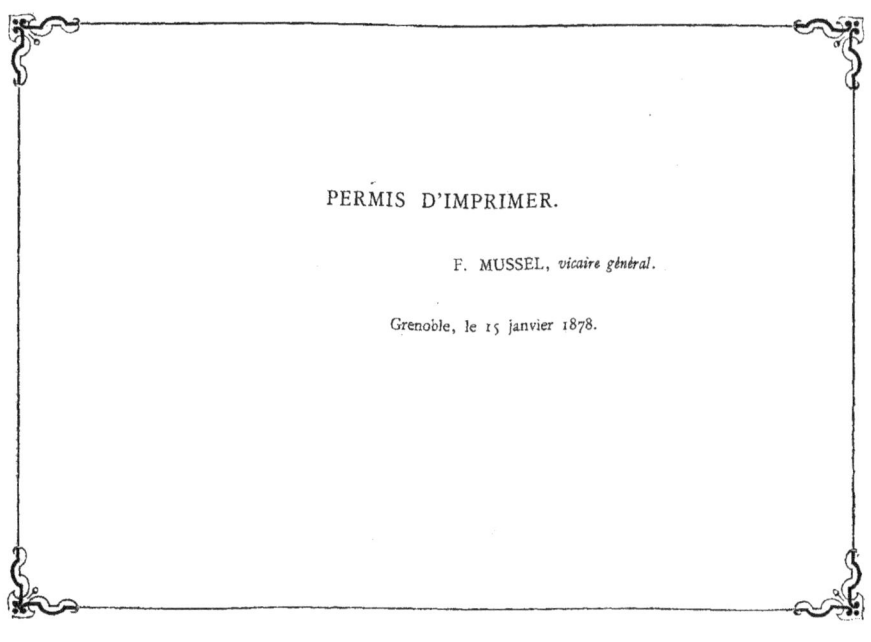

PERMIS D'IMPRIMER.

F. MUSSEL, *vicaire général*.

Grenoble, le 15 janvier 1878.

DÉDICACE

Accepte, ô Vierge, l'humble hommage
De notre modeste labeur.
Pour tes enfants, qu'il soit le gage
De ta maternelle faveur.

Nous avons de ton Sanctuaire,
Décrit les attraits, le chemin ;
Mais à toi, Vierge tutélaire,
D'y conduire le Pèlerin.

DÉCLARATION DES AUTEURS

Si, dans le cours de ce volume, il nous est arrivé de donner le nom de saint ou de bienheureux à des personnages recommandables par leur vertu, ce n'est nullement, nous le déclarons, dans l'intention de prévenir le jugement du Saint-Siége.

Nous déclarons également que les faits que nous rapportons n'ont qu'une autorité purement humaine, excepté en ce qui aurait été approuvé par le Siége apostolique, au jugement infaillible duquel nous soumettons sans réserve nos personnes et nos écrits.

AU LECTEUR

Vous n'avez peut-être pas encore visité la Salette? Il vous sera donc agréable d'avoir un guide qui vous y accompagne, et nous vous le présentons.

Si déjà vous avez vu et admiré cette Montagne célèbre, cet écrit vous rappellera les souvenirs de votre pèlerinage. Il fera revivre à vos yeux le Sanctuaire et les lieux de l'Apparition du 19 septembre 1846. En l'offrant à vos amis qui ne peuvent faire ce voyage, vous leur donnerez une idée juste de la Salette, de son site et des richesses que lui a fournies la piété catholique. Vous trouverez, en effet, dans notre livre, des détails et des indications qui ne peuvent qu'intéresser, et qu'on chercherait probablement en vain dans près de cent ouvrages écrits sur la Salette.

Ce n'est point là un livre de controverse : le temps de la discussion est passée; ce n'est pas non plus un livre de dévotion, mais simplement un indicateur. Nous n'y avons suivi d'autre plan que celui qui nous est tracé par l'itinéraire du pèlerin.

Si une rapide esquisse vous inspire le désir de connaître plus amplement l'histoire, les hommes illustres et les merveilles du Dauphiné, lisez l'ouvrage intitulé : *De Grenoble à la Salette*, par M. Ernest de Toytot. Cet ouvrage a été illustré avec goût par un artiste distingué, M. Dardelet, qui en est l'éditeur. On jugera du mérite des gravures dont il est enrichi, par les deux que nous reproduisons dans les premières pages de cet écrit.

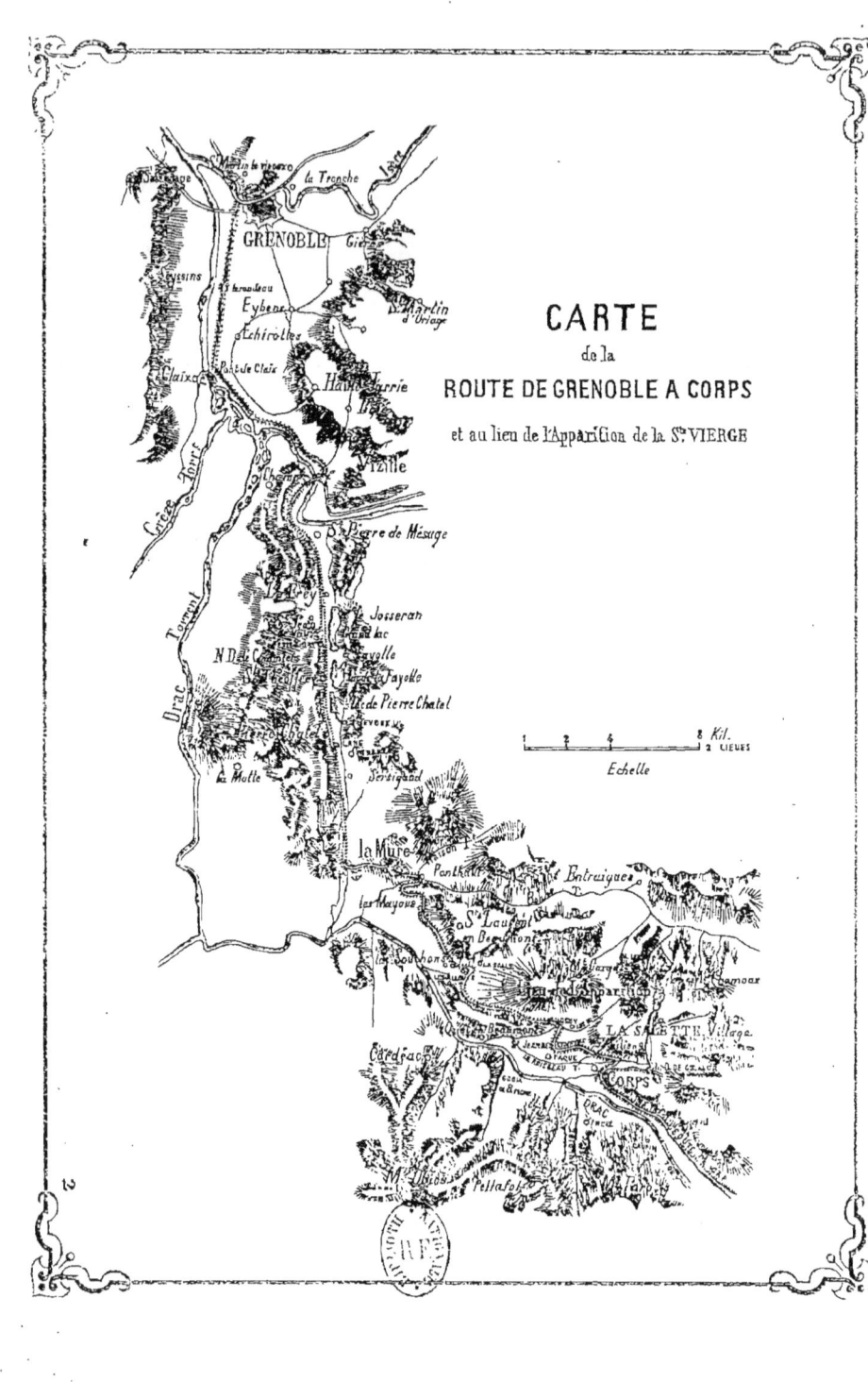

CARTE
de la
ROUTE DE GRENOBLE A CORPS
et au lieu de l'Apparition de la Ste VIERGE

Echelle

DE GRENOBLE A CORPS

O N arrive à Corps par deux voies opposées : celle de Grenoble et celle de Gap.
A la capitale du Dauphiné aboutissent les lignes de Lyon, de Chambéry, de Valence, de Saint-Rambert.

Bâtie au pied des montagnes qui lui servent de remparts, dans la riche vallée du Graisivaudan qu'on peut appeler, comme les plaines de la Touraine, le jardin de la France; assise sur les deux rives de l'Isère, qui baigne ses quais, Grenoble est le centre de plusieurs excursions intéressantes parmi lesquelles nous mentionnons seulement celle de la Grande-Chartreuse. (Voir la note 1, à la fin du volume.) La distance de Grenoble à la Salette est de soixante-douze kilomètres. Qu'on ne s'effraye pas; beaucoup de pèlerins ont le courage de la parcourir à pied.

Un jeune gentilhomme, aussi distingué par sa foi que par sa naissance, désolé de voir que ses enfants mouraient avant de naître, fait vœu de faire, à nus pieds, le pèlerinage de Grenoble à la Salette, si la Vierge lui donne un enfant plein de vie. Sa prière est bientôt exaucée. Durant l'été de 1876, il part donc de Grenoble, et chemine pieds nus jusqu'à Pierre-Châtel, c'est-à-dire pendant l'espace de trente-trois kilomètres. Arrivé là, ses pieds meurtris et ensanglantés trahissent son courage, et M. le comte de D... doit faire en voiture le reste de la route.

Il y a quelques années, une bonne femme, au costume étranger, rencontrant aux portes de Grenoble un ecclésiastique que nous avons connu intimement, lui demanda, avec une bonne grâce simple et franche, à quelle distance elle était encore de la Salette. — De la Salette ! mais vous en êtes encore au moins à quatorze lieues. — Dieu soit béni, répond la bonne vieille, m'y voilà !... je viens à pied de la Bretagne.

Toutefois, on n'est pas tenu à l'héroïsme, et vous pouvez faire votre voyage plus aisément ; les moyens de transport ne vous manqueront pas. C'est à peine si à la gare même de Grenoble vous pouvez vous dégager d'une foule souvent importune qui vous offre, à l'envi, et services réguliers pour la Salette et voitures à volonté.

Il sera même facile de franchir encore sur les ailes de la vapeur un espace de quatorze kilomètres, et de ne prendre la voiture qu'à la gare de Vizille, sur la ligne de Grenoble à Gap. Mais, pourquoi glisser si légèrement sur les merveilles de la création ? Qui voudrait traverser en chemin de fer les montagnes si visitées de la Suisse ? se dérober, sous un tunnel, à la vue des belles vallées qu'elles abritent ? Notre Dauphiné, et en particulier la route de Grenoble à Gap,

LE COURS SAINT-ANDRÉ (VUE PRISE DU RONDEAU).

n'auraient-ils rien qui pût vous charmer et vous faire oublier la longueur du trajet? — Vous trouverez rarement une aussi belle avenue que celle du cours Saint-André, qui vous conduit en droite ligne de Grenoble au Pont-de-Claix, par une quatruple rangée de platanes et de tilleuls, se prolongeant sur une longueur de huit kilomètres.

Vizille, que vous traversez ensuite, à dix-sept kilomètres de Grenoble, n'a rien de remarquable que ses nombreuses usines de soieries et son château qui fut, en 1788, le berceau de la Révolution française. Ce château, construit vers la fin du xvie siècle, par le connétable de Lesdiguières, appartient aujourd'hui à la famille de l'ancien ministre Casimir Perier. (Voir la note 2, à la fin.)

La longue et pénible montée de Laffrey vous offre, au fond d'une vallée, la Romanche qui baigne ses rives verdoyantes, et les montagnes de l'Oisans qui se dressent majestueuses. Vous avez en face, de l'autre côté de la Romanche, le Taillefer, 2,871 mètres d'altitude; à votre gauche, au-dessus d'Uriage-les-Bains, la croix de Champ-Rousse, 2,555 mètres; plus loin, le pic de Belledonne, qui domine la vallée du Graisivaudan, à une altitude de 2,982 mètres.

La montée est franchie. Après le village de Laffrey, vous rencontrez aussitôt, à gauche, le magnifique lac qui porte le nom de ce village; puis ceux de Petit-Chat et de Pierre-Châtel, dont les eaux limpides sont enchâssées dans les versants des monts.

Bientôt vous êtes à la Mure, petite ville de 3,500 habitants, à trente-huit kilomètres de

Grenoble et à 900 mètres d'altitude. L'air frais de la Mathésine vous excite à profiter, pour vous restaurer, de la courte halte que font là les voitures. (Voir la note 3.)

De cette ville à Corps, il ne nous reste que vingt-cinq kilomètres à parcourir; mais ce trajet n'est pas le moins pittoresque : des ravins profonds, creusés par des torrents qui mugissent; la route qui les côtoie, en serpentant, bordée d'arbres à fruits; çà et là des villages assis comme des nids au sein des bosquets, dominés à droite et à gauche par des sommets gigantesques dont l'un, l'Obiou, de 2,793 mètres d'élévation, porte, au sein des nuages, ses neiges que les plus grandes chaleurs ne réussissent pas à fondre. Remarquons en passant, le Pont-Haut, hardiment jeté sur la Bonne; au-dessous de ce pont, on peut en distinguer deux autres, dont l'un, dit-on, fut l'ouvrage des Romains. A quelques pas de là, l'élégante chapelle de Charlaix, dont le faîte est couronné par un groupe représentant l'Apparition, vous avertit que vous avez mis le pied sur le canton de Corps. — Après une montée rapide, la route semble se resserrer entre quelques maisons rustiques. Ce sont les Terrasses. Courage ! dans quelques minutes vous êtes aux Egats, hameau de Saint-Laurent-en-Beaumont. Ce village est à votre gauche, tandis qu'à votre droite vous apercevez celui de Saint-Pierre-dés-Méarotz, dont les pieds sont baignés par les eaux tumultueuses du Drac. — Le Beaumont justifie pleinement son nom. Vous allez le côtoyer jusqu'à Corps, en admirer les croupes arrondies et recouvertes d'un épais gazon. A votre gauche, vous rencontrerez bientôt un petit temple protestant, trop vaste encore pour le petit nombre de ceux qui le fréquentent; ses portes et ses fenêtres sont invariablement fermées. A quelques pas de là, vous voici aux Souchons, hameau de la paroisse de la Salle dont vous ne tarderez pas de découvrir la vieille église dans un bosquet d'arbres, à votre droite. — Prenez garde, si vous faites la route à pied; voici un moyen de l'abréger : Suivez à gauche le ruisseau qui murmure sous le pont voisin de cette église. Le sentier qui le longe conduit à Saint-Michel. Vous n'avez que cinq heures de marche pour arriver au Sanctuaire de Notre-Dame, mais à la condition de vous munir d'un bon guide, quand vous aurez atteint Saint-Michel.

Encore une montée ; mais c'est la dernière de quelque importance. Vous traverserez ensuite, à toute vitesse, le délicieux hameau des Marcs, le village de Quet, au climat si doux qu'on y recueille un vin excellent; du reste, que cela ne vous surprenne point : toutes les rives du Drac que vous entendez mugir à 300 mètres sous vos pieds, sont tapissées de vignobles. A Quet, Mélanie Calvat, la Bergère privilégiée de la Salette, avait passé deux ans en condition, de 1842 à 1844.

Apercevez-vous de loin, à gauche, presque au sommet du Beaumont, le village de Sainte-Luce? Là aussi la jeune Bergère demeura deux années à la garde des troupeaux, de 1844 à 1846.

Nous voici à Saint-Jean-des-Vertus ou Côtes-de-Corps, dont l'antique église, au-dessus de la route, est ombragée par de robustes et larges tilleuls. Quelques minutes encore et nous tou-

3

chons à Corps. Vous approchez du pont sous lequel fuit, mêlée aux ondes d'un petit torrent, l'eau miraculeuse de la Salette. A votre gauche, voici la ferme de Saint-Joseph. C'est là que passent l'hiver, les novices et les élèves de l'Ecole apostolique des missionnaires de Notre-Dame de la Salette. Si vous devez faire l'ascension à pied, quittez là la voiture et prenez le chemin de Saint-Julien : il ne vous reste pas sept kilomètres à faire, tandis qu'arrivé à Corps, vous devrez en faire neuf bien comptés. (Voir la note 4, à la fin du volume.)

Si vous arrivez par Gap, vous ne manquerez pas de visiter le Sanctuaire célèbre de Notre-Dame du Laus, voisin de cette ville; et après avoir franchi, à pied ou en voiture, la distance de trente-huit kilomètres, il ne vous reste plus qu'à faire l'ascension de la montagne. (Voir la note 5, à la fin du volume.)

CORPS

ET LES DEUX TÉMOINS DE L'APPARITION

CORPS, dernier chef-lieu de canton du département de l'Isère, compte 1,300 habitants; il est à 900 mètres d'altitude. Avant de le quitter, admirez son site gracieux.

Assis sur le versant aplani d'une montagne, ce bourg domine une des belles vallées qui s'étendent au pied des Alpes. C'est là que naquirent les deux Bergers que l'Apparition a rendu célèbres. On vous fera voir les chaumières qui furent leurs berceaux. Vous trouverez encore la vieille mère de Mélanie, toujours pauvre comme elle l'était avant le 19 septembre 1846, et portant avec sa misère trente et un ans de plus.

Que si vous voulez visiter le cimetière du bourg, un enfant ou quelque bonne femme vous accompagnera, et vous pourrez vous agenouiller auprès d'une humble croix qui ombrage la tombe de Maximin, dont on vous racontera l'histoire.

PIERRE-MAXIMIN GIRAUD est né à Corps le 27 août 1835. — Le 19 septembre 1846, époque de l'Apparition, il avait par conséquent onze ans et quelques jours. Son père exerçait, à Corps, la profession de charron, et sa mère était morte en lui donnant le jour.

A onze ans, cet enfant était d'une grande ignorance; n'ayant pas fréquenté les écoles du village, il ne savait parler que le patois de Corps, et ne comprenait que quelques mots du français. C'est à peine si son père avait réussi à lui apprendre le *Pater* et l'*Ave Maria,* qu'il lui avait cependant fait répéter pendant trois années. Maximin n'était pas, toutefois, dépourvu d'intelligence ni de mémoire; mais sa légèreté et son inconstance le rendaient incapable de toute attention soutenue. Il ne rêvait qu'amusements, et lorsqu'on le conduisait à la messe ou au catéchisme, il s'échappait pour aller sur la place publique jouer avec d'autres enfants.

Tel était Maximin quand, le 13 septembre 1846, Pierre Selme, propriétaire aux Ablandens, hameau de la Salette, se rendit à Corps, et pria le charron Giraud de lui céder son fils pour quelques jours, en attendant que fût rétabli son berger, qui venait de tomber malade. Après quelques résistances, Giraud se rendit aux instances de son ami, et le lundi 14 septembre, à trois heures du matin, Pierre Selme emmena avec lui, à la Salette, Maximin qui, jusque-là, n'avait jamais quitté la maison paternelle.

Craignant, toutefois, que cet enfant ne laissât précipiter ses vaches dans les ravins, Pierre Selme alla travailler dans le champ où Maximin devait les garder. Pendant trois jours il ne perdit point de vue son berger, et le jeudi, il le fit surveiller par sa femme. Ce n'est que le vendredi qu'il vit Maximin jouer avec Mélanie Calvat, qui gardait les vaches de Jean-Baptiste Pra.

Née à Corps le 7 novembre 1831, de parents pauvres et chargés d'une assez nombreuse famille, FRANÇOISE-MÉLANIE CALVAT-MATHIEU dut, bien jeune encore, quitter le toit paternel pour garder les troupeaux d'un maître. Elle passa en condition, nous l'avons dit, d'abord deux ans à Quet et ensuite autant à Sainte-Luce. Ce ne fut que dans le cours du mois de mars 1846, qu'elle entra au service de Jean-Baptiste Pra, propriétaire aux Ablandens.

Au moment de l'Apparition, elle avait près de quinze ans, et c'est à peine si, à cet âge, elle savait faire le signe de la croix. Retenue à la suite des troupeaux, le dimanche et les jours de fête, comme les autres jours de la semaine, elle ne pouvait aller que fort rarement à l'église. Son intelligence n'avait donc reçu aucune culture, et sa mémoire ingrate ne pouvait qu'avec peine retenir quelques lignes du catéchisme. Aussi ne put-on l'admettre à la première communion que dans sa dix-septième année, dix-huit mois après l'Apparition, malgré les soins assidus que lui donnèrent les religieuses de Corps, auxquelles elle fut confiée en décembre 1846.

Mélanie était timide, et osait à peine répondre aux questions qu'on lui adressait, en sorte qu'on l'eût crue d'une humeur boudeuse et maussade. Dans son insouciance, il lui arrivait de s'endormir dans l'étable, quand elle y ramenait le soir son troupeau ; d'autres fois elle eût passé la nuit à la belle étoile, si on ne l'en eût empêchée. Etait-elle trempée de pluie, elle ne demandait pas même à changer de vêtements.

Maximin avait six ans seulement, quand Mélanie, âgée de dix ans, quitta le bourg de Corps. Ces deux enfants ne se connaissaient donc nullement. Ils n'avaient pu se voir que depuis l'arrivée de Maximin aux Ablandens. Le vendredi 18 septembre, ils passèrent ensemble une partie de la journée ; et le soir, en se séparant, ils convinrent d'aller tous les deux, le lendemain, garder leurs vaches sur la montagne du Planeau.

Tels étaient Maximin et Mélanie avant le 19 septembre 1846.

Immédiatement après le 19 septembre, les deux Bergers restent séparés pendant trois mois. Le dimanche matin 20 septembre, Maximin retourne à la maison paternelle, va ensuite à l'école à Corps, chez les religieuses de la Providence, et Mélanie demeure chez Jean-Baptiste Pra, aux Ablandens, jusqu'au milieu de décembre 1846.

Pendant ce temps, que ne fait-on pas pour les surprendre et les mettre en contradiction l'un avec l'autre ? car, « il faut remarquer, écrivait en 1848 Mgr Dupanloup, que jamais accusés n'ont été, en justice, poursuivis de questions sur un crime, comme ces deux pauvres Pâtres le sont... sur la vision qu'ils racontent. On les a vu conduire, comme on conduirait des malfaiteurs sur le lieu même de leur révélation. Ni les personnages les plus graves et les plus distingués ne les déconcertent, ni les menaces et les injures ne les effrayent; ni les caresses et la douceur ne les font fléchir; ni la fréquente répétition de toutes ces épreuves ne les trouve en contradiction, soit chacun avec lui-même, soit l'un avec l'autre. »

« Jamais, disait aussi Mᵍʳ Villecourt, depuis Cardinal, ils n'ont varié dans l'exposition d'un fait sur lequel l'astuce et la malveillance auraient eu tant de facilité à dévoiler l'imposture. »

Vers la Noël de la même année, Mélanie quitte les Ablandens. Elle est confiée, comme Maximin, aux soins des religieuses de Corps. Ces deux enfants, qui se sont quittés sans regret et sans songer à ce que l'un pourrait dire ou ne pas dire, en l'absence de l'autre, se revoient avec indifférence. On ne tarde même pas de découvrir la diversité de leur humeur, qui provoque souvent entre eux de petites contrariétés. La supérieure des religieuses de Corps, femme d'un grand sens et d'un âge mûr, évite avec soin de leur parler de l'Apparition, et même est rarement présente quand on les interroge. Néanmoins, à des objections imprévues, quelquefois insidieusement et longuement méditées, ils opposent toujours des réponses promptes, brèves, claires, précises, péremptoires. Maximin est toujours léger, inconstant; Mélanie a conservé son humeur presque boudeuse. « Mais, dès qu'il s'agit du grand Evénement, continue Mᵍʳ Dupanloup, ils ne paraissent plus avoir aucun des défauts de leur âge... ils deviennent tout à coup si graves, si sérieux, qu'ils imposent une sorte de crainte religieuse pour les choses dont ils parlent, et une

sorte de respect pour leur personne. Ce respect singulier pour ce qu'ils disent, va si loin, que
quand il leur arrive de faire quelqu'une de ces réponses vraiment étonnantes, qui confondent les
interrogateurs et résolvent simplement, profondément, les plus grandes difficultés, ils n'en
triomphent en rien... Ils n'ont, ni l'un ni l'autre, absolument aucune envie de causer de l'Evénement qui les rend cependant si célèbres... Ils ne comprennent pas même l'honneur qu'ils ont
reçu. » Nous pouvons ajouter que Maximin et Mélanie ont toujours fait paraître le plus grand
désintéressement.

De tels témoins méritaient d'être crus. Ils l'ont été, en effet, par ceux qui les ont interrogés
de bonne foi; et toutes les tentatives faites pour découvrir dans l'Apparition de la Salette une
fable ou une imposture, n'ont abouti qu'à en établir la certitude et la vérité. Tel a été, en particulier, le résultat de l'interrogatoire, qu'en vertu d'ordres reçus du procureur du Roi,
M. Long, notaire et maire de Corps, remplissant les fonctions de juge de paix, fit subir à
Maximin et à Mélanie, le 22 mai 1847. Le procès-verbal de l'interrogatoire fut envoyé aussitôt
au parquet de Grenoble. Le ministère public s'en tint là, reconnaissant sans doute l'impossibilité d'expliquer par une imposture le Fait de la Salette.

Depuis, la vie de ces deux Pâtres a été ballottée par toutes sortes de péripéties. Maximin a
toujours conservé le sans-souci de son enfance, et l'inconstance de ses premières années. La
sainte Vierge, disait-il, l'avait laissé tel qu'elle l'avait trouvé. Il ne sut jamais poursuivre

aucune des nombreuses carrières dans lesquelles on essaya de le pousser, ni se fixer à rien. C'est ainsi qu'après avoir été successivement séminariste, étudiant en médecine, zouave pontifical, employé au ministère, commerçant, etc., il finit par retourner à Corps, son pays natal, où il acheva pauvrement ses jours, non sans rêver encore de nouvelles positions. Aussi, malgré les libéralités de ceux qui s'intéressaient à lui, il a toujours vécu sans ressources et il est mort insolvable. Le 19 septembre, en gravissant la montagne à la suite de ses vaches, il mangeait dès le matin les provisions qu'on lui avait données pour la journée, et jetait à son chien ce qu'il avait de trop, sans prévoir qu'il pourrait en avoir besoin le reste du jour. Ce fait était le présage de sa vie entière. Il ne sut jamais rien conserver. Les dépenses inutiles, autant que les générosités charitables, épuisaient bien vite ce qu'il avait reçu. Il avait, en effet, les qualités de ses défauts. Dès ses premières années, sa générosité allait à partager, avec le premier pauvre venu, le peu qu'il avait. Il était incapable de voir souffrir sans chercher à soulager, et aurait alors donné des sommes s'il les avait eues. — Maximin est demeuré toujours fortement attaché au Saint-Siége. Il a conservé une foi très-vive, défendant la Religion toutes les fois qu'il la voyait attaquée, et conversant sur les matières religieuses avec le sens le plus chrétien. — Toute sa vie, il a été fidèle à la pratique de la religion et a montré une dévotion particulière à la Mère de Dieu. Il ne laissa peut-être passer aucun jour sans réciter son chapelet, et on l'a surpris, la soirée bien avancée, s'acquittant de ce pieux devoir avant d'aller prendre son repos.

4

Il a gardé jusqu'à la mort quelque désir de se faire missionnaire de la Salette. — Nous pouvons ajouter que Maximin, sans doute mieux connu de ses compatriotes qu'il ne l'a pu être des étrangers, a toujours été l'objet de leur estime et de leur respect. Il jouissait même au milieu d'eux d'une sorte de prestige dont on a eu la preuve en plus d'une circonstance. En voici un exemple : Après le 4 septembre 1870, on arbore à Corps le drapeau rouge, au nom de la République. Maximin ne le peut souffrir : il l'arrache, le jette dans la boue et remet à sa place le drapeau aux trois couleurs. Personne ne trouve rien à dire et tous se rangent de son parti.

Maximin a survécu vingt-neuf ans à l'Apparition. Durant sa dernière maladie, qui a duré plus d'une année, il se confessait tous les mois. Il est mort le 1er mars 1875, à cinq heures du soir, après avoir bu quelques gouttes d'eau de la Salette. L'extrait suivant de son testament confirme ce que nous venons de dire à son sujet :

« *Au nom du Père, et du Fils, et du Saint-Esprit. Ainsi soit-il.*

» Je crois à tout ce qu'enseigne la sainte Eglise apostolique et romaine, à tous les dogmes qu'a définis notre très-saint Père le Pape, l'auguste et infaillible Pie IX.

» Je crois fermement, même au prix de mon sang, à la célèbre Apparition de la très-sainte Vierge sur la sainte Montagne de la Salette, le 19 septembre 1846, Apparition que j'ai défendue par paroles, par écrits et par souffrances.

» Après ma mort, que personne ne vienne assurer ou dire qu'il m'a entendu me démentir sur le grand Evénement de la Salette; car en mentant à l'univers, il se mentirait à lui-même.

» Dans ces sentiments, je donne mon cœur à Notre-Dame de la Salette; comme reconnaissance, je laisse le reste de mon corps à la disposition de M. et Mᵐᵉ Jourdain, soit pour être mis dans leur caveau de famille, à Paris; soit qu'ils veuillent le faire inhumer sur la sainte Montagne de la Salette, ou à Corps, parmi mes compatriotes et parents. »

Les dernières volontés de Maximin ont été accomplies; son corps repose dans son pays natal, et son cœur est au pèlerinage. Il a laissé, avec quelques manuscrits qui n'ont pas été publiés, une intéressante brochure qui a pour titre : *Ma profession de foi sur l'Apparition de Notre-Dame de la Salette.* (Voir à la fin, la note 6.)

Mélanie, après avoir été successivement à Corenc, chez les Religieuses de la Providence; en Angleterre, dans un couvent de Carmélites; à Marseille, chez les Sœurs de la Compassion, est aujourd'hui à Castellamare-di-Stabia, près de Naples, sous la protection de Mgr Petagna, qui l'avait connue dans son exil à Marseille. Sa constance, comme on le voit, n'est pas plus sa vertu que celle de Maximin. C'est ce qui fait ressortir, davantage encore, la fermeté inaltérable du témoignage de ces deux Bergers, relativement à l'Apparition.

Ces deux Pâtres n'ont mérité, peut-être, ni les marques d'admiration et les éloges exagérés dont ils ont été l'objet de la part des uns, ni les critiques haineuses dont ils ont été poursuivis, par les autres. La vie de Maximin a été assurément meilleure que celle de la plupart des hommes de son temps; et Mélanie est, aujourd'hui encore, estimée de tout le haut clergé de la ville qu'elle habite. Du reste, puisque leur témoignage, relativement au Fait de la Salette, a toujours présenté, et cela dès leur enfance, tous les caractères de la vérité, qu'importe au Fait lui-même leur conduite postérieure?

LA SALETTE

M AIS il est temps de nous mettre en route... Si vous faites l'ascension sur un des robustes mulets de nos montagnes, il n'est pas besoin de vous indiquer le chemin ;
comptez sur votre guide, il y a longtemps qu'il bat ces sentiers, souvent plusieurs fois
par jour. Il égayera l'ascension en vous racontant, avec une sorte de fierté et un ton convaincu,
l'histoire de l'Evénement, celle des deux Bergers, l'effet produit à Corps par l'Apparition, les
miracles dont son pays natal a été favorisé, les grandes foules qui l'ont traversé à certaines
époques. Il vous dira qu'avant l'Apparition, les gens de Corps étaient blasphémateurs, profa-
nateurs du dimanche, etc.; mais qu'après ils furent tellement frappés par le récit des Bergers
que les blasphèmes et les travaux défendus disparurent.

L'intérêt de ces naïfs récits, auxquels les hommes du peuple savent toujours donner une
forme légendaire, vous fera peut-être oublier de contempler les forêts, les montagnes, les pré-

cipices et les torrents ; que si, ne voulant converser qu'avec vous-même, et lire dans les merveilles de la nature la puissance du Dieu qui se joue dans l'univers, vous gravissez seul la
montagne, voici votre itinéraire :

Au nord du bourg de Corps, quittez la route, franchissez une ruelle, trop souvent boueuse,
le chemin aussitôt s'élargit ; tracé sur le bord d'un torrent profond, il s'enfonce dans une
gorge fermée par deux chaînes de montagnes s'avançant parallèlement sur une étendue de
plus de trois kilomètres. Dans ce ravin, vous ne rencontrez aucune habitation ; mais seulement la petite chapelle de Notre-Dame de Gournier, qui est sur la limite de la paroisse de
Corps. — La gorge s'entr'ouvre ensuite et laisse apercevoir le paysage le plus accidenté. C'est
un bassin de terres cultivées, enfermé dans un cercle de hautes montagnes, et sillonné par des
torrents qui, réunissant leurs eaux, les précipitent dans la gorge qui les conduit au Drac ; çà
et là, sur les versants des montagnes, s'échelonnent au milieu de bouquets d'arbres douze
hameaux qui forment la commune de la Salette. Cette commune compte 700 habitants ; son
église est à quatre kilomètres de Corps. Au-dessus des toits de chaume de ce village, le regard
rencontre encore quelques forêts de sapins ou de hêtres entrecoupées de prairies ; puis les montagnes qui limitent le tableau n'étalent plus que des pâturages où, durant la belle saison, er-
rent de nombreux troupeaux. Au nord de la Salette, un peu à droite et au-dessous de l'orgueil-
leux Gargas, dont le faîte va se perdre dans les nues (2,200 mètres), un sommet se fait re-

marquer par sa croupe gracieuse, recouverte d'une riche verdure et surmontée d'une grande croix : c'est le Planeau ou le Mont-sous-les-Baisses, c'est là le terme de votre pèlerinage. Vous n'en êtes plus séparé que par une distance de cinq kilomètres. Quelques rares chasseurs et les bergers visitaient seuls, autrefois, ces hauteurs d'un accès difficile. Elles sont devenues, de nos jours, le rendez-vous de foules innombrables accourues de tous les points de la France et du monde.

Depuis plusieurs années, on y arrive par une pente régulière et par une voie facile, creusée dans les flancs des rochers. C'est la route que vous suivrez vous-même, après avoir franchi un petit pont jeté sur le torrent qui s'enfuit à votre gauche. Vous gravissez le col de Saint-Julien. Une croix de bois s'offre à vos yeux, pour vous aider à cheminer. Du reste, arrêtons-nous un instant, la montée, en cet endroit, est de vingt centimètres par mètre... Voyez un peu au-dessous de vous, au sein de ce grand bosquet de frênes, le hameau des Ablandens. C'est là qu'étaient en service Maximin et Mélanie au moment de l'Apparition. C'est là qu'ils ramenèrent leurs troupeaux, à la tombée de la nuit, le soir du 19 septembre. Maximin, tout empressé de raconter ce qu'il avait vu, ne prit pas la peine, ce soir là, de lier ses vaches à la crèche. Il courut chez la mère Pra, maîtresse de Mélanie, lui demander si elle n'avait pas vu passer une dame tout en feu ? — Non, mon enfant, répond la bonne vieille. — Alors Maximin raconte qu'il en a vu une, lui, sous les *Baisses*, et répète tout le discours qu'il a entendu. On cherche Mélanie pour lui demander si Maximin dit bien la vérité; on la trouve à l'étable, derrière ses vaches, à genoux, pleurant et priant. On la questionne, et à son tour elle fait, comme Maximin, le récit de l'Apparition. Un des fils Pra étant revenu le soir de son champ, sa mère, tout émue du récit des Bergers, lui dit, en pleurant : — Va-t-en encore désormais travailler le dimanche !... Les bons habitants des Ablandens vinrent presque tous, à mesure qu'ils apprenaient la grande nouvelle, se la faire raconter par les enfants, qui s'y prêtaient de bonne grâce. On les fit même veiller ainsi jusqu'à une heure très-avancée. Ce qui frappait le plus ces bons montagnards, c'était de voir ces deux Pâtres ignorants répéter en français, langue qu'ils ne connaissaient pas le matin du même jour, une partie du discours qu'ils disaient avoir entendu. Tous s'accordaient à regarder la chose comme grave, aussi la déférèrent-ils au tribunal de leur Pasteur, et ils déterminèrent les enfants à se rendre à la cure, le lendemain matin, avant la messe.

Après cette halte, aux Ablandens, avancez à travers une petite forêt de hêtres; bientôt, si les nuages n'enveloppent pas le Sanctuaire, ses grandes tours frapperont vos regards. Salut ! monument de la foi catholique en l'Apparition de la Mère de Dieu ! Tes fondements reposent sur les hauts sommets, et ton faîte est dans les Cieux. De là, la prière ardente arrive plus tôt au cœur de Marie, aux pieds de l'Eternel !

Mais, voici le *Col-de-l'Homme*, le chemin fait un détour, et revient serpenter sur les flancs du Gargas, vous n'avez plus que demi-heure, la pente n'est plus aussi rapide ; vous voilà bientôt devant le chalet en planches, bâti là par un commerçant. On vous y offrira de la liqueur de la Salette, fabriquée aux environs de Grenoble par Maximin Giraud, bien qu'il ne soit plus depuis plusieurs années. Le mur qui avoisine le chalet est celui qui enferme la propriété du Pèlerinage. La vue du groupe de l'Assomption, en face du Sanctuaire, vous indique que vous n'êtes qu'à quelques pas de la fontaine miraculeuse. Si vous êtes sur une monture, il faut mettre pied à terre, car nous touchons aux lieux de l'Apparition.

LA VIERGE EN PLEURS

D ERRIÈRE le chevet du Sanctuaire, vous apercevez le sommet du Planeau, surmonté d'une grande croix. C'est sur le versant méridional de cette montagne que les deux·Pâtres, fidèles au rendez-vous qu'ils s'étaient donné la veille, avaient amené chacun les quatre vaches de leurs maîtres, le samedi 19 septembre, de grand matin. La journée était splendide ; pas un nuage au ciel. Pierre Selme, ce jour-là comme les précédents, se défiant, avec raison, de l'inexpérience de son pâtre improvisé, était venu travailler à son champ du mont Planeau ; vers onze heures et demie, il appelle Maximin et lui dit d'aller faire boire ses vaches. — « Je vais appeler Mélanie, répond le petit Berger, et nous irons ensemble. » Et, en effet, les deux enfants conduisent leurs vaches dans le ravin qui limite, à l'ouest, le plateau sous les Baisses, sur lequel s'élève le Sanctuaire. Là, jaillit une source où les pâtres avaient coutume d'abreuver leurs troupeaux, et qu'on appelle la *Fontaine-des-Bêtes ;* elle coule encore au-dessous du chalet.

Bientôt après, entendant la cloche du village de la Salette qui sonne l'*Angelus*, les enfants remontent le long du ruisseau de la Sézia, auquel le ravin sert de lit, et dont les rives sont bordées d'un épais gazon. Ils cherchent un endroit propice pour prendre leur petit repas, et ils arrivent près d'une fontaine alors tarie, mais où d'autres pâtres avaient entassé des pierres pour s'en faire des sièges. C'est là qu'ils s'arrêtent sur la droite du torrent. Suivez vous-même le ravin, et vous entendrez aujourd'hui le murmure de cette source qui, alors, refusait à leur soif l'eau dont ils avaient besoin pour détremper leur pain durci par la chaleur. Aussi durent-ils un instant monter quelques pas plus haut, à gauche du ruisseau, pour se désaltérer, à la *Fontaine-des-Hommes*, qui coule là sous le pont. Vous ne l'apercevez point, car elle est enfermée dans un conduit qui la mène au lavoir du monastère.

Après leur repas, les deux enfants déposent leurs panetières à côté du lit desséché de la source tarie, et, contrairement à leur habitude, s'endorment tout près de là, à quelques pas l'un de l'autre.

Vers deux heures et demie, Mélanie s'étant éveillée la première, appelle son compagnon, en lui disant : « Allons voir où sont nos vaches. » Et les deux Bergers de franchir le torrent et de gravir l'espace qui les sépare du plateau. Ils ne tardent pas de découvrir leurs vaches : elles étaient couchées sur le versant du mont Gargas. Ils redescendent aussitôt pour reprendre leurs petits sacs. Mélanie précède son compagnon. A peine a-t-elle fait quelques pas, qu'elle s'arrête effrayée; elle aperçoit soudain devant elle une clarté éblouissante qui remplit le ravin. Cette lumière merveilleuse semble faire pâlir celle du soleil, qui brille cependant du plus vif éclat. A cette vue : — « Viens vite voir cette clarté là-bas, s'écrie Mélanie — et Maximin qui, d'abord, n'apercevait pas la clarté, la découvre aussitôt.

Les deux statues qui représentent les petits Bergers étonnés et saisis, sont à mi-côte, vers l'angle de la grille qui environne le lieu du miracle. Ils se trouvaient là, à cette même place, quand la vision se montra à leurs regards ravis.

La lumière s'entr'ouvre, et laisse voir une *Belle Dame*, environnée de gloire, mais dont l'attitude révèle une tristesse profonde. — C'est l'heure des premières vêpres de la fête de Notre-Dame des Sept-Douleurs, et l'Eglise chante par toute la terre : « Oh! de quelle abondance de larmes est inondée la Vierge Mère!... » La *Belle Dame*, comme l'ont appelée les Bergers, est assise sur une pierre ; ses pieds reposent dans le lit desséché de la fontaine ; ses coudes sont appuyés sur ses genoux, et ses mains soutiennent sa tête, qui est comme appesantie par la douleur.

A ce spectacle, Mélanie est saisie de frayeur. — « Ah! mon Dieu, s'écrie-t-elle, » et elle laisse tomber son bâton. Maximin, lui aussi est effrayé, et il invite sa compagne à garder son bâton, afin de pouvoir, au besoin, se défendre.

Alors, la *Belle Dame* se lève, croise les mains sur sa poitrine, et d'une voix douce comme une harmonie du Ciel : — « Avancez, mes enfants, dit-elle, n'ayez pas peur. Je suis ici pour vous annoncer une grande nouvelle. »

LE DISCOURS

———◦✦◦———

L A Vierge s'avance ensuite vers l'endroit où les enfants s'étaient endormis, à trois mètres de la fontaine ; et les deux Bergers, pleinement rassurés par ses maternelles paroles, s'empressent de descendre à sa rencontre. Ils franchissent le ruisseau et viennent se placer tout à fait près d'Elle, Mélanie à sa droite et Maximin à sa gauche, mais tous deux devant Elle, et dans la lumière qui l'environne. Les statues représentent la Divine Messagère, conversant avec les Bergers, sont à la place même où la Vierge fit entendre ces paroles, qui depuis ont été portées à tout l'univers. Nous allons en citer le texte, tel que les deux enfants l'ont transmis aux commissaires délégués par Mgr l'Evêque de Grenoble, et tel qu'ils l'ont répété invariablement, après l'Apparition, à des milliers de pèlerins.

Dans sa forme, ce discours est simple comme l'Evangile, et ceux-là seuls pourraient se scandaliser de sa simplicité qui n'auraient pas lu les saintes Ecritures. D'ailleurs, que de grands enseignements il renferme. La manière admirable dont y sont révélées les plaies de notre siècle a paru à un illustre prélat (Mgr Ginoulhiac, archevêque de Lyon), et paraîtra aux esprits sérieux une des preuves les plus péremptoires de la vérité de l'Apparition.

Ecoutons donc les leçons qui tombent des lèvres de la Divine Vierge. Et le pourrions-nous sans émotion, quand l'écho de ces montagnes semble encore redire sa plainte, quand le gazon du ravin paraît encore humide de ses pleurs ! Ce fait n'est point une légende du moyen âge, c'est un événement d'hier, qui retentit encore en ces lieux où le bronze le rappelle d'une manière exacte et éloquente.

« Si mon peuple ne veut pas se soumettre, dit la *Belle Dame*, en versant des larmes abon-
» dantes, je suis forcée de laisser aller le bras de mon Fils; il est si lourd et si pesant que je ne
» puis plus le retenir. Depuis le temps que je souffre pour vous autres ! Si je veux que mon Fils
» ne vous abandonne pas, je suis chargée de le prier sans cesse pour vous autres qui n'en faites
» pas cas. Vous aurez beau prier, beau faire, jamais vous ne pourrez récompenser la peine que
» j'ai prise pour vous ! »

Ne dirait-on pas l'effluve d'une douleur longtemps contenue, qui s'échappe du cœur d'une mère désolée à la vue des égarements de ses enfants ?

L'insoumission qui désole la famille et met en péril la société, voilà ce que stigmatise d'abord la *Belle Dame*, et quiconque considère le monde d'un regard intelligent reconnaîtra sans peine que ces paroles frappent juste.

Elle semble ensuite laisser parler par sa bouche le Dieu qui l'envoie, à la manière des prophètes : « Je vous ai donné six jours pour travailler, dit-elle, je me suis réservé le septième, » et on ne veut pas me l'accorder; c'est ça qui appesantit tant le bras de mon Fils.

» Ceux qui conduisent les charrettes ne savent pas jurer sans y mettre le nom de mon Fils; » ce sont les deux choses qui appesantissent tant le bras de mon Fils. »

La rébellion contre Dieu se traduit d'abord par la profanation du dimanche et par le blasphème. Ces désordres ont pris de nos jours des proportions jusque-là inconnues dans les siècles chrétiens. Or, la profanation du dimanche, en même temps qu'elle dérobe à Dieu par une injustice sacrilége le jour qui lui appartient, entraîne à sa suite une déplorable ignorance des vérités de la foi, l'indifférence et l'irréligion, et ramène pour ainsi dire, la barbarie au sein de la famille et de la société. — Et le blasphème, qui attaque en face la Majesté et le Nom adorable du Seigneur, le blasphème, vomi sur la terre par les démons de l'enfer, retentit partout où il y a des hommes. Il est non-seulement sur les lèvres et dans les cœurs, même des enfants, mais encore dans les écrits impies qui le sèment de toute part. On conçoit donc sans peine que ces deux crimes attisent la colère divine et arrachent tant de larmes à l'Auguste Mère de Dieu !

« Si la récolte se gâte, continue la *Belle Dame*, ce n'est rien que pour vous autres. Je vous
» l'ai fait voir l'année dernière par la récolte des pommes de terre, vous n'en avez pas fait cas.
» C'est au contraire; quand vous en trouviez de gâtées, vous juriez, vous mettiez le nom de
» mon Fils. Elles vont continuer à pourrir, et à Noël il n'y en aura plus. »

En effet, au mois de décembre qui suivit l'Apparition, à la Salette, à Corps et dans les environs, il restait à peine de pommes de terre ce qu'il en fallait pour ensemencer les champs, au
sortir de l'hiver.

Jusque-là la *Belle Dame* a parlé le français; or, les deux Pâtres ne comprenaient pas cette
langue, qui n'était guère usitée à Corps, avant l'Apparition; n'étant, du reste, allés à l'école
ni l'un ni l'autre, ils n'avaient pas pu l'apprendre. A cet endroit du discours, Mélanie interroge
du regard Maximin, comme pour lui demander ce que signifie un tel langage.

La *Belle Dame* alors, avec une maternelle condescendance : « Mes enfants, dit-elle, vous ne
» comprenez pas le français, je vais vous le dire autrement : » Elle reprend, en patois, ces
mots : *Si la récolte se gâte, etc.*, et elle poursuit son discours, toujours en patois. Chose éton-
nante ! que nous avons déjà remarquée, le soir même les enfants ont répété en français la première partie du discours qu'ils ne comprenaient point : les enfants, c'est-à-dire Maximin, qui
n'avait pu, en trois ans, apprendre le *Pater* et l'*Ave*, et Mélanie, qui ne savait encore que faire
le signe de la croix ! C'était évidemment l'effet d'une assistance miraculeuse, car quel est

l'homme, même instruit et intelligent, qui se ferait fort de redire le soir, ne serait-ce qu'une phrase, en langue grecque ou hébraïque, qu'il aurait entendu prononcer quelques heures auparavant, s'il ne connaissait ces langues ?

Le patois de Corps, que la Vierge employa dans la suite de son discours, est une sorte de provençal abâtardi, n'ayant presque aucune ressemblance avec le français.

Voici la traduction des paroles qui furent prononcées dans cet idiome :

« Si vous avez du blé il ne faut pas le semer; tout ce que vous sèmerez, les bêtes le mange-
» ront; ce qui viendra tombera en poussière quand vous le battrez. Il viendra une grande
» famine; avant que la famine vienne, les enfants au-dessous de sept ans prendront un tremble-
» ment, et mourront entre les bras des personnes qui les tiendront, les autres feront pénitence
» par la famine. Les noix deviendront mauvaises et les raisins pourriront. »

La plupart de ces prophétiques menaces se sont déjà accomplies. Que de fléaux nous ont affli-
gés depuis 1846 !... La maladie de la pomme de terre, l'année même de l'Apparition et l'année suivante, sévissait en France, et réduisait à une extrême détresse le peuple irlandais. Au mois de décembre 1846, nous l'avons dit, il ne restait de pommes de terre, à Corps et dans les environs, que ce qu'il en fallait pour ensemencer les terres au printemps suivant. Tous les habitants de ces localités sont unanimes à l'attester. — En 1851, la maladie de la vigne, jusqu'alors inconnue, s'est répandue en France et dans presque toute l'Europe; et on sait les

6

ravages du phylloxera. — La maladie des noix, en 1852, enleva au Dauphiné une de ses plus importantes récoltes. — Les relevés statistiques, publiés en 1856, par un journal français, portent à 151,000 le nombre des décès, résultant pour la France de la cherté des vivres, durant les années 1854 et 1855. A cette époque, en effet, la récolte fut fort mauvaise dans diverses contrées, et on vit apparaître la maladie du blé, avec les caractères marqués par les paroles de la sainte Vierge, qu'il nous reste à citer. — Une mortalité exceptionnelle des petits enfants désola les paroisses de la Salette et de Corps, en 1847. En 1854, le choléra fit, en France, 150,000 victimes, dont 75,000 environ étaient des enfants au-dessous de sept ans.

Après ces mots : « Les raisins pourriront, » la *Belle Dame* continue de parler à haute voix. Tout en voyant le mouvement de ses lèvres, Mélanie ne l'entend plus. Maximin reçoit un secret en français. Bientôt après, la sainte Vierge s'adresse à la petite Bergère ; et Maximin cesse de l'entendre. Elle confie aussi à Mélanie un secret, également en français, et plus long, paraît-il, que celui de Maximin. Puis, poursuivant son discours en patois, de manière à être entendue des deux Bergers : « S'ils se convertissent, dit-Elle, les pierres et les rochers se chan-
» geront en monceaux de blé, et les pommes de terre se trouveront ensemencées par les
» terres. »

Expressions figurées que la Vierge emploie pour annoncer aux hommes de grandes prospérités temporelles, s'ils reviennent à Dieu. De semblables locutions se trouvent presque à chaque page

dans nos saints Livres ; le Seigneur ne dit-il pas lui-même à Moïse : « J'introduirai mon peuple
» dans une terre fertile ou ruissellent le lait et le miel. »

On le voit, les menaces de la Vierge de l'Apparition ne sont que conditionnelles, et il dépend
de nous de changer en bénédictions, les malédictions qu'elle nous fait redouter.

Dieu châtie l'homme pour le changer et non pour le faire souffrir.

S'adressant ensuite d'une manière plus spéciale aux deux Bergers, la *Belle Dame* leur dit :
« —Faites-vous bien votre prière, mes enfants ? » —Oh ! non, Madame, guère bien, répondirent-
ils tous deux avec franchise. — « Ah ! mes enfants, reprit-Elle aussitôt, il faut bien la faire, soir
» et matin. Quand vous ne pourrez pas mieux faire, (il faudra) dire seulement un *Pater* et un
» *Ave Maria*. Et quand vous aurez le temps, (il faudra) en dire davantage.

» Il ne va que quelques femmes âgées à la messe. Les autres travaillent le dimanche tout l'été,
» et l'hiver, quand ils ne savent que faire, ils ne vont à la messe que pour se moquer de la reli-
» gion. Le Carême, ils vont à la boucherie comme des chiens. »

Cette parole paraît dure : mais l'est-elle assez pour flétrir, comme il le mérite, le sensualisme
de quelques chrétiens de nos jours ? On sait, du reste, que Notre-Seigneur et les prophètes n'ont
pas craint de comparer certains pécheurs à de vils animaux.

« —N'avez-vous jamais vu du blé gâté, mes enfants ? » demanda enfin la céleste Messagère.
Et les deux Bergers de répondre : — Non, Madame. — Puis, s'adressant à Maximin : « — Mais

» vous, mon enfant, dit-Elle, vous devez bien en avoir vu une fois, vers la terre du Coin (1),
» avec votre père. Le maître de la pièce (de blé) dit à votre père : venez voir mon blé gâté. Vous
» y êtes allés tous les deux. Il prit deux où trois épis dans sa main, et puis il les froissa, et tout
» tomba en poussière. Puis vous vous en retournâtes. Quand vous étiez encore à demi-heure
» de Corps, votre père vous a donné un morceau de pain, et vous a dit : Tiens, mon enfant,
» mange encore du pain cette année; je ne sais pas qui en mangera l'année prochaine, si le
» blé continue encore comme ça (à se gâter). »

— Oh ! oui, Madame, je m'en souviens à présent, répondit Maximin ; tout à l'heure, je ne
m'en souvenais pas.

Quoi de plus touchant que ces humbles détails ! Comme ils nous révèlent cette maternelle
tendresse, à laquelle rien n'échappe, ni cette terre solitaire du Coin, où les épis de blé tombent
en poussière, ni les sollicitudes d'un pauvre montagnard, qui craint de n'avoir pas de pain à
donner à son enfant...

Quand on vint dire au charron Giraud que Maximin avait vu la sainte Vierge, cet homme
qui vivait dans une grande indifférence religieuse, se prit à s'en moquer. Il eut hâte cependant
de faire raconter à son fils ce qui s'était passé. Celui-ci répéta fidèlement tout ce que lui avait

(1) C'est le nom d'un petit hameau de la commune de Corps.

dit la *Belle Dame*. Giraud fut fort surpris de voir ce même enfant, auquel il avait eu tant de peine à apprendre une courte prière, réciter si facilement un si long discours. Mais l'incident de la terre du Coin le frappa plus vivement encore. Il en était pleinement convaincu, personne n'avait pu entendre les paroles qu'il avait dites à son fils, en lui donnant un morceau de pain. Et cependant, la *Belle Dame* les avait exactement rappelées... Il crut donc à l'Apparition dont il se riait d'abord ; et même il s'empressa de remplir ses devoirs de chrétien, depuis longtemps négligés.

La sainte Vierge termine son discours par ces paroles, prononcées en français : « Eh bien ! » mes enfants ! vous le ferez passer à tout mon peuple. » Puis, s'éloignant des deux Bergers, Elle traverse la Sézia. Au milieu du lit de ce ruisseau, est une pierre sur laquelle Elle semble poser les pieds.

Elle leur répète ensuite une deuxième fois, sans se tourner vers eux, ces mêmes paroles : « Eh bien ! mes enfants, vous le ferez passer à tout mon peuple ; » et Elle se dirige vers le monticule qu'avaient gravi les Bergers pour découvrir leur troupeau. Ses pieds ne font aucun mouvement ; Elle glisse au-dessus de l'herbe, qu'Elle effleure à peine. Comme entraînés par un charme irrésistible, les enfants la suivent ; Mélanie la devance même un peu, tant elle a à cœur de ne point la perdre de vue. Maximin est à la gauche, et à deux ou trois pas de la sainte Vierge, qui parcourt ainsi un espace de trente-huit à quarante pas.

L'ASSOMPTION

D ès que la *Belle Dame* est parvenue sur le plateau, Elle s'élève à la hauteur d'un mètre cinquante environ. La statue monumentale de l'Assomption, qui se trouve à l'endroit même où s'est accomplie cette scène, semble la faire revivre. Le bronze, en effet, a su prendre une forme aérienne, et sa masse laisse lire sur le visage de la Vierge, le reflet des joies célestes qui viennent la ressaisir quand elle quitte la vallée des larmes.

La *Belle Dame* reste un instant suspendue dans les airs, porte ses yeux vers le Ciel, puis les abaisse vers la terre dans la direction du sud-est, c'est-à-dire du côté de Rome. Ce regard, dirigé vers la Ville éternelle, n'était-il pas une marque d'amour pour Pie IX; et n'imprimait-il pas à la piété catholique, la direction qu'elle prend chaque jour de plus en plus, l'amour et le dévouement pour le Saint-Siége ?

A cet instant, le regard de la *Belle Dame* rencontre celui de Mélanie, qui se trouve en face d'Elle. Maximin est à droite et un peu en arrière.

« Puis nous n'avons plus vu la tête, disent les deux Bergers dans leur naïf récit, plus vu les bras, plus vu le reste du corps. Elle semblait se fondre. Il resta, dit Maximin, une grande clarté, que je voulais attraper de la main, avec les fleurs qu'Elle avait aux pieds; mais il n'y eut plus rien. Et Mélanie me dit : — Ce doit être une grande Sainte. Et je lui dis : — Si nous avions su que c'était une grande sainte, nous lui aurions bien dit de nous mener avec Elle. — Ah! si Elle y était encore, ajouta Mélanie. Nous regardâmes bien, continue la petite Bergère, pour voir si nous ne la voyons plus; et je dis : Elle ne veut pas se faire voir, pour que nous ne voyions pas où Elle va. Après, nous étions bien contents, et nous avons parlé de tout ce que nous avions vu. Ensuite nous fûmes garder nos vaches. »

LES SECRETS

LES Enfants nous apprennent qu'aussitôt après l'Apparition, ils s'entretinrent quelque temps de ce qu'ils avaient vu ; mais que dirent-ils ?

Maximin était tout préoccupé de ce qu'il n'avait pu entendre quelques-unes des paroles de la Vierge. Il interroge donc aussitôt sa compagne : — La *Belle Dame* a bien tant tardé de me parler, que te disait-Elle ? — Je ne veux pas le dire, répond Mélanie, Elle me l'a défendu. — Va, Elle m'a dit quelque chose à moi aussi, répliqua Maximin, mais je ne veux pas te le dire non plus.

C'est ainsi que les Enfants reconnurent qu'ils avaient reçu l'un et l'autre un secret. — Leur fidélité à le garder a été admirable, pendant les cinq années qui ont suivi l'Apparition ; et Mgr Dupanloup y a vu *un signe caractéristique de leur véracité*.

Que de séductions, en effet, ont été employées pour leur arracher cette révélation mystérieuse ! Maximin surtout, qui a toujours vécu pour ainsi dire au milieu du monde, a été l'objet des sollicitations les plus capables d'ébranler sa constance.

En 1848, M. l'abbé Dupanloup, lui-même, garda avec lui, jusqu'à quatorze heures durant, le petit Berger, qui n'avait guère que treize ans.

Laissons-le raconter lui-même cette longue entrevue :

« J'avais emmené le petit Maximin à la montagne avec moi. Malgré les répugnances que ce petit garçon m'inspirait, j'avais cherché à être bon et aimable pour lui, et je lui faisais toutes les avances possibles pour tâcher d'ouvrir et de gagner son cœur. Je n'y avais pas trop réussi. Mais, en arrivant au sommet de la montagne, quelqu'un qui se trouvait là lui donna deux images, une entre autres représentant les combats du 24 Février dans les rues de Paris. Au milieu des combattants on voyait un prêtre qui soignait les blessés. Le petit garçon s'imagina trouver quelque ressemblance entre cet ecclésiastique et moi ; et, bien que je lui eusse dit qu'il se trompait complètement, il demeura persuadé que c'était moi, et, à dater de ce moment, il me témoigna la plus vive et la plus rustique amitié. Dès lors, il parut tout à fait à son aise et en grande familiarité. J'en profitai avec empressement et nous devînmes les meilleurs amis du monde, sans qu'il cessât, toutefois, je dois l'avouer, de m'être parfaitement désagréable. Dès lors, il se pendit à mon bras et ne le quitta plus de toute la journée. Nous descendîmes ainsi la montagne ensemble. Je le fis déjeûner, dîner avec moi. Il se mit à causer de toutes choses

7

avec le plus grand abandon, de la République, des arbres de la liberté, etc., etc. Quand je ramenais la conversation sur ce qui m'intéressait uniquement, il me répondait brièvement, simplement; tout ce qui avait trait à l'Apparition de la sainte Vierge, était toujours comme quelque chose à part dans notre conversation. Il s'arrêtait tout court, dans le plus grand entraînement de son bavardage. Le fond, la forme, le ton, la voix, la précision de ce qu'il me disait alors, tout devenait soudain singulièrement grave et religieux. Puis il passait bientôt sur un autre sujet, à tout l'abandon de la conversation la plus familière et la plus vive.

» Alors je recommençais mes efforts et mes insinuations les plus habiles, pour profiter de cet abandon et de cette ouverture, et le faire parler sur ce qui m'intéressait et en particulier sur son secret, sans qu'il s'en aperçût et sans qu'il le voulût. Je tenais absolument à voir clair dans cette âme, à la saisir en défaut et à tirer, bon gré mal gré, la vérité du fond de ce cœur. Mais, je dois le confesser, tous mes efforts, depuis le matin, avaient été parfaitement inutiles : au moment où je croyais atteindre mon but et obtenir quelque chose, toutes mes espérances s'évanouissaient; tout ce que je m'imaginais tenir m'échappait tout à coup, et la réponse de l'enfant me replongeait dans toutes mes incertitudes. Cette réserve absolue me parut si extraordinaire dans un enfant, je dirai même en un être humain quelconque, que sans lui faire une violence à laquelle ma propre conscience aurait répugné, je voulus aller aussi loin que possible, et tenter les derniers efforts pour le vaincre en quelque chose, et surprendre enfin son secret. Ce singulier secret me tenait par-dessus tout à cœur. Pour l'entamer sur ce point, je n'épargnais aucune séduction dans la mesure qui me parut tolérable.

« Après des efforts absolument inutiles, une circonstance, bien futile en apparence, m'offrit une occasion que je crus un moment favorable.

« Une circonstance particulière faisait que j'avais sur moi une assez grande somme en or. Tandis qu'il rôdait autour de moi, dans la chambre de mon auberge, regardant tous mes effets, fouillant partout en véritable gamin, ma bourse et cet or se rencontrèrent sous ses yeux. Il s'en saisit avec empressement, le déroula sur la table et se mit à le compter, en fit plusieurs petits paquets; puis, après les avoir faits, il s'amusa à les défaire et à les refaire. Quand je le vis bien enchanté, bien ravi par la vue et le maniement de cet or, je pensais que le moment était venu pour éprouver et connaître avec certitude sa sincérité. Je lui dis avec amitié : — Eh bien! mon enfant, si vous me disiez de votre secret ce que vous pouvez m'en dire, je pourrais vous donner tout cet or pour vous et pour votre père. Je vous donnerai tout, et tout de suite, et n'ayez pas d'inquiétude, car j'ai d'autre argent pour continuer mon voyage.

« Je vis alors un phénomène moral assurément très-singulier, et j'en suis encore saisi en vous le racontant. L'enfant était tout entier absorbé par cet or; il jouissait de le voir, de le toucher, de le compter. Tout à coup, à mes paroles, il devient triste, s'éloigne brusquement de la table et de la tentation, et me dit : — « Monsieur, je ne puis pas. » J'insistai : — Et cependant, il y aurait là de quoi faire votre bonheur et celui de votre père. Il me répondit encore une fois : — « Je ne puis pas, » et d'une manière et d'un ton si ferme, quoique très-simple, que je me sentis vaincu. Cependant, pour n'en avoir pas l'air, j'ajoutai d'un ton qui voulait affecter le mécontentement, le mépris, l'ironie : « Mais peut-être que vous ne voulez pas me dire votre secret, parce que vous n'en avez pas : c'est une plaisanterie » — Il ne parut pas offensé de ces paroles et me répondit vivement : — Oh ! si, j'en ai un, mais je ne puis pas le dire. — Qui vous l'a défendu ? — La sainte Vierge.

» Je cessai dès lors une lutte inutile. Je sentis que la dignité de l'enfant était plus grande que la mienne. Je posai avec amitié et respect ma main sur sa tête; je traçai une croix sur son front, et je lui dis : — « Adieu, mon cher enfant; j'espère que la sainte Vierge excuse toutes les instances que je vous ai faites. Soyez toute votre vie fidèle à la grâce que vous avez reçue. Et après quelques moments, nous nous quittâmes pour ne plus nous revoir.

» A des interrogations, à des offres du même genre, la petite fille m'avait répondu : — « Oh ! nous en avons assez ! il n'y a pas besoin d'être si riches (1). »

D'autres fois c'étaient des personnages politiques qui tentaient tout, pour surprendre le secret

---

(1) Lettre de M. l'abbé Dupanloup, datée de 1848.

des Bergers, au profit de leurs opinions; mais rien ne fut capable de leur arracher un aveu quelconque.

Cependant, vers la fin de l'année 1850, Mgr l'Evêque de Grenoble apprit, par Son Eminence le cardinal de Bonald, archevêque de Lyon, que Sa Sainteté Pie IX avait manifesté le désir de connaître le secret des enfants. M. l'abbé Auvergne, secrétaire de l'évêché, et M. l'abbé Rousselot, vicaire général de Grenoble, se rendirent donc successivement auprès de Maximin et de Mélanie (1). Ils leur firent comprendre que le Souverain Pontife a le droit de juger tous les faits religieux, et notamment les apparitions, et, par conséquent, celui de connaître et d'examiner toutes les circonstances de ces faits. Ils ajoutèrent que, le Saint-Père voulant connaître le secret de la Salette, c'était pour eux un devoir de le lui révéler. Il ne fut pas d'abord facile de décider les enfants à obéir. Mélanie surtout résista longtemps. Elle voyait dans cette demande un nouveau stratagème, dont on usait pour lui faire dire ce que la sainte Vierge avait commandé de taire. Mais, une fois persuadés que le Souverain Pontife désirait vraiment en avoir connaissance, tous deux se montrèrent dociles.

Dans les premiers jours de juillet 1851, ils écrivirent eux-mêmes séparément leur secret dans

(1) En 1851, Maximin était au Petit Séminaire de Grenoble, et Mélanie à Corenc, près Grenoble, dans la Maison-Mère des religieuses de la Providence.

une des salles de l'évêché de Grenoble, et cachetèrent leur lettre, en présence de témoins ecclésiastiques et laïques, désignés par Mgr l'Evêque. Sa Grandeur chargea ensuite M. Rousselot et M. Gerin, curé de la cathédrale, de porter à Rome cette mystérieuse dépêche, scellée du sceau de l'évêché.

Les deux délégués partirent de Grenoble le 6 juillet, et le 18 du même mois ils obtenaient du Saint-Père une audience dans laquelle ils remirent à Sa Sainteté les lettres des deux Bergers. Le Saint-Père lut d'abord celle de Maximin. — « Il y a ici la candeur et la simplicité d'un enfant, » dit-il, après cette lecture.

Et quand il eut pris connaissance du secret de Mélanie, il devint fort triste, et dit : — « Ce sont
» des fléaux qui menacent la France; elle n'est pas seule coupable : l'Allemagne, l'Italie, toute
» l'Europe est coupable et mérite des châtiments. J'ai moins à craindre de l'impiété ouverte que de
» l'indifférence et du respect humain. Ce n'est pas sans raison que l'Eglise est appelée militante, et
» vous en voyez ici le capitaine. »

Les événements n'ont-ils pas assez justifié ces paroles de Pie IX ? Maximin disait en 1872 :
« Bien aveugle serait celui qui ne verrait pas le doigt de Dieu dans les malheurs qui viennent de
» châtier la société ! »

LE SANCTUAIRE

———•✥•———

MAIS, après nous être désaltérés à la source miraculeuse, qui coule aux pieds de la statue de la Vierge en pleurs, approchons du Sanctuaire dont la belle façade vous offre trois portes prêtes à s'ouvrir pour vous introduire dans l'enceinte sacrée.

Il est vrai que le plateau que vous avez atteint est déjà un temple grandiose, dont la ceinture de montagnes qui vous entoure forme les murs, et le ciel, la voûte; là, on se sent comme écrasé par la grandeur de Dieu, qui éclate surtout sur les hauts sommets. « *Mirabilis in altis Dominus.* » Néanmoins, il y a place encore à l'admiration pour cette basilique qui s'élève majestueuse au milieu du désert. C'est un monument d'architecture romano-byzantine. Les pierres taillées qui entrent dans sa construction sont toutes sorties des flancs du mont Gargas. Voyez-vous sur le versant de la montagne dominant les lieux de l'Apparition, ces deux chemins qui déchirent le gazon, ils conduisent aux deux carrières d'où l'on a extrait ce marbre brut de couleur grisâtre. L'apparence austère de cette pierre s'harmonise à merveille avec l'aspect général de ces lieux, et avec l'Evénement qui s'y est accompli. Ces blocs ont souvent plus d'un mètre cube de dimension, et leur poids dépasse parfois quatre mille kilogrammes.

Le sable, dont le mètre cube coûtait jusqu'à 40 fr., et la charpente ont dû être transportés de Corps à la Montagne, à dos de mulet, ce qui, certes, rencontrait des difficultés qui étonnent, surtout quand on songe que les chemins d'alors étaient presque impraticables.

On n'a pu, du reste, travailler que pendant la belle saison qui ne dure guère plus de cinq mois à la Salette. Néanmoins, dès 1865, le Sanctuaire était livré au culte, et ce n'est que le 25 mai 1852, que la première pierre en avait été posée par Mgr Philibert de Bruillard, évêque de Grenoble, assisté de Mgr Chatrousse, évêque de Valence, en présence de plusieurs milliers de pèlerins.

Ce qui est plus merveilleux encore, c'est que sans souscription, sans subvention de l'Etat ni des communes, on ait pu couvrir les dépenses énormes nécessitées par les constructions de l'église et des monastères, dépenses qui se sont élevées à plus de deux millions. La piété spontanée des fidèles, la reconnaissance pour des faveurs obtenues ont fait face à tout.

La Vierge a opéré des prodiges à l'égard de ses enfants, et ceux-ci ont apporté en actions de grâces tantôt des sommes, tantôt et le plus souvent une modeste offrande à son Sanctuaire. Chacune de ces pierres est un *ex-voto*. Tout n'est pas fait encore; mais tout s'achèvera, nous en avons la confiance, par la libéralité des cœurs reconnaissants envers Notre-Dame de la Salette.

Les deux grandes tours carrées dont est flanquée la façade du Sanctuaire et qui portent chacune vers le Ciel une grande croix, attendent encore les flèches qui doivent les couronner. L'une d'elles enferme dans son beffroi quatre cloches qui sonnent en accord, tous les dimanches et jours de fête.

La plus considérable de ces cloches pèse douze quintaux métriques, elle a nom MARIE DE L'ASSOMPTION. *O vos omnes qui transitis per viam, attendite et videte si est dolor sicut dolor meus.* « *O vous tous, qui passez, contemplez et voyez s'il est une douleur semblable à ma douleur.* » — Telle est l'inscription qu'on peut y lire, et au-dessous de laquelle sont gravés les noms du parrain, Mgr Ginoulhiac, évêque de Grenoble, et depuis archevêque de Lyon, qui l'a consacrée le 5 août 1867, et de la marraine, Mlle la comtesse Franscisca de Robiano, de Bruxelles.

Un bourdon et deux autres petites cloches seraient encore nécessaires pour compléter le carillon qui accompagne le dimanche les chants des pèlerins.

Mais il est temps d'entrer dans le Sanctuaire. Après avoir adoré le Dieu qui y réside, jetons un regard sur l'ensemble de ce superbe édifice : il a trois nefs et sept travées; il mesure en

8

longueur quarante-quatre mètres cinquante centimètres, et quinze mètres en largeur; son élévation est de dix-huit mètres cinquante centimètres. Il peut contenir deux mille cinq cents pèlerins. Des colonnes élancées soutiennent la voûte. Leur forme svelte a fait dire au *Guide Joanne* qu'elles sont en fer. La vérité est qu'elles sont en beau marbre de la montagne, auquel il ne manque que d'être poli.

Un demi-jour mystérieux pénètre dans l'enceinte à travers des vitraux qui représentent les quinze mystères du Rosaire. Ils sont sortis pour la plupart des ateliers de M. Thibaud, de Clermont-Ferrand. C'est à lui qu'on doit en particulier la transfiguration de Notre-Seigneur qui, à la façade du Sanctuaire, mérite d'être remarquée.

Entre les deux petites tribunes formées par les tours au seuil du saint lieu, se trouve la place des orgues qui un jour, nous l'attendons de la générosité des pèlerins, rediront les gémissements de la Vierge des Larmes.

Le maître-autel frappe tout d'abord les regards, placé en avant de l'abside de la grande nef, il est dominé par un groupe de Notre-Dame de la Salette de taille naturelle et des mieux réussis. C'est l'œuvre de M. Barrême, artiste d'Angers. Le fondateur du maître-autel est M. L.-U. Similien, ex-professeur de mathématiques de l'Ecole des Arts et Métiers de cette même ville.

Etudiez de près ce monument avec intelligence, et vous ne tarderez pas d'en admirer l'ensemble et plus encore le fini des détails. Une petite inscription à gauche vous apprend qu'il a été érigé, en 1866, par la piété des fidèles de l'Anjou et d'ailleurs. Il a été fait à Angers, d'après le plan de M. Berruyer, architecte du Sanctuaire, et les dessins de M. David, architecte au Mans, qui en a dirigé l'exécution dans les ateliers de MM. Choyer, Moisseron et Ruault.

On a employé deux variétés de marbre de Carrare : l'une, appelée *statuaire,* à grains cristallins saccharoïdes ; l'autre, nommée *blanc-clair,* qui est marqué de légères veines bleuâtres. La première qualité a servi pour les bas-reliefs et les statues ; la seconde, pour les ornements : ce qui fait ressortir davantage les sculptures.

Le devant de l'autel se compose de trois bas-reliefs ; celui du centre reproduit ce passage du discours de la Vierge : « *Le bras de mon Fils est si lourd que je ne puis plus le retenir.* »

Le deuxième bas-relief, à droite, représente l'Apparition et la conversation de Notre-Dame de la Salette avec les deux Bergers.

Le troisième bas-relief, à gauche, figure la sainte Vierge remontant au Ciel en présence des deux Bergers étonnés. L'effet de ces bas-reliefs devient plus accentué par quatre magnifiques colonnes du style roman-fleuri, placées en avant, entre chaque bas-relief, et ayant toutes des fûts, des bases et des chapiteaux également variés et du même style.

Sur les deux faces latérales sont placées huit statues de prophètes dans des niches élégamment arquées.

La face postérieure de l'autel contient aussi trois bas-reliefs. Celui du milieu représente Notre-Dame des Sept-Douleurs; le bas-relief à gauche, le jugement porté sur l'Evénement de la Salette par les deux Evêques de Grenoble. Mgr de Bruillard offre son Mandement doctrinal à Notre-Dame de la Salette; à côté de lui, Mgr Ginoulhiac fait à la sainte Vierge l'hommage du Sanctuaire; et, près des deux prélats, paraît le vénéré M. Rousselot, qui a remis au Souverain Pontife, Pie IX, les secrets des deux Bergers.

Le bas-relief à droite rappelle la confirmation de l'Evénement par les miracles. Des pèlerins sont en prières devant la statue de Notre-Dame de la Salette; l'on y remarque un paralytique guéri, suspendant sa béquille à la colonne où sont appendus les *ex-voto*. Entre ces divers bas-reliefs, se trouvent répartis les huit autres Prophètes de l'Ancien Testament.

Le tabernacle est adossé à un riche retable, aux quatre angles duquel apparaissent autant d'anges cariatides portant des textes de la sainte Ecriture, ayant trait aux commandements que la sainte Vierge est venue rappeler. Une série d'arcatures, supportées par des colonnettes à marbres tranchés, complète l'ornementation de la partie verticale du retable qui est couronné par une corniche d'une grande richesse (1).

Ce monument a coûté à son fondateur 40,000 fr. Les blocs de marbre noir qui le

---

(1) D'après l'*Avenir de la Salette*, par M. Similien.

supportent ont été extraits de la carrière du pèlerinage. Leur poli ne laisse plus reconnaître la pierre de la montagne; mais, quand on sait que le Sanctuaire entier est construit avec les mêmes matériaux, on regrette que chacune de ses pierres n'ait pas subi la même opération. Quelle grâce nouvelle s'ajouterait à ces colonnes déjà si élégantes, si un jour elles étaient polies !

Les chandeliers et le crucifix du maître-autel se font facilement pardonner de n'être pas du style du Sanctuaire. Chacun d'eux est un monument gothique de bronze, du prix de 8po fr. La croix a coûté jusqu'à 1,200 fr. Comme l'autel, ils sortent des ateliers de M. l'abbé Choyer, à Angers.

Ça et là, dans le chœur du Sanctuaire, sont suspendues des lampes qui se consument jour et nuit devant le tabernacle et le groupe de l'Apparition; on en compte parfois jusqu'à trente priant à leur manière pour les familles qui offrent à Notre-Dame de la Salette ce tribut de confiance et d'amour.

Les deux qui brillent de chaque côté du maître-autel sont une fondation de Mᵐᵉ la duchesse d'Aoste qui fut un jour reine d'Espagne. Elles sont en argent massif, et on lit sur l'une cette inscription :

Ad perpetuo lucendum ante hanc aram, in grati animi signum ac sui suorumque protectionem, offerebat Maria Victoria de Sabaudia, 27 septembr. 1873. Offerte, pour luire toujours, par Marie-

*Victoire de Savoie, en signe de gratitude et pour attirer la protection de Marie sur elle et sur les siens,
27 septembre 1873.*

L'autre, offerte plus récemment, est tout à fait semblable à la première. On y lit ces mots :

*Hanc alteram in novi beneficii memoriam et ad amplius obtinendum B. V. M. patrocinium
offerebat Maria-Victoria de Sabaudia, mense maio 1874. Nouvelle lampe offerte par Marie-Victoire
de Savoie, en souvenir d'un nouveau bienfait et pour s'assurer une protection nouvelle, mai 1874.*

L'INTÉRIEUR DU SANCTUAIRE

AVANÇONS jusque dans l'abside de la grande nef et agenouillons-nous devant la statue de beau marbre blanc qui représente l'Immaculée-Conception. Œuvre d'un artiste romain, elle a été offerte par M. le comte de Boyne et bénite par Pie IX lui-même. Le petit chœur qui la sépare du maître-autel est réservé à la Communauté des Pères Missionnaires. C'est là qu'ils récitent l'office avec les enfants de l'Ecole apostolique dont nous aurons occasion de parler.

Remarquons l'autel de marbre qui sert de trône à la statue de l'Immaculée-Conception. Son bas-relief retrace la grande scène du 8 décembre 1854. C'est Pie IX lisant sa bulle *Ineffabilis* devant les Cardinaux, Archevêques et Evêques réunis.

Les lis des candélabres de l'autel et les initiales suivantes qui sont gravés au-dessous du bas-relief désignent assez clairement le donateur.

H. et M.-T. *conjuges grati posuerunt anno* MDCCCLVI. — H. et M.-T., époux reconnaissants, ont érigé cet autel en 1856.

Jetez un regard autour de vous et admirez ces marbres qui tapissent l'abside. Les Missionnaires de Notre-Dame de la Salette, afin de donner plus de régularité aux *ex-voto* demandés chaque jour par la reconnaissance des âmes qui ont été l'objet des faveurs de Marie, ont pris, il y a quelques années, le parti de revêtir tout le Sanctuaire de tables de marbre disposées élégamment, d'après un plan tracé d'avance. Sur ces tables, ils font graver les inscriptions qui rappellent les prodiges obtenus. Lisez plutôt, et vous trouverez matière à ranimer votre foi et votre confiance en Marie. C'est à la Salette que s'accomplissent les paroles de Notre-Seigneur : *Lapides clamabunt. Les pierres elles-mêmes parleront.*

Autour de l'autel de l'Immaculée-Conception, ce sont des confréries affiliées à l'Archiconfrérie de Notre-Dame de la Salette qui tiennent à être représentées par un monument auprès de leur Mère.

A gauche du maître-autel, sur le marbre noir de la montagne, vous lirez cette épitaphe :

†

D. O. M.

ILL. AC RR. DD. PHILIBERTUS DE BRUILLARD,

EPISCOPUS GRATIANOPOLITANUS,

SACRÆ HUJUS ÆDIS FUNDATOR,
HIC SUUM MORIENS DEPONI VOLUIT
COR,
IN SUI ERGA B. M. V. SALETTENSEM
ÆTERNUM AMORIS PIGNUS.

OMNIUM BONORUM MEMORIA DIGNUS
VIVERE DESIIT, DIE 15 DECEMBRIS 1860,
ANNOS NATUS 95.

R. R. P. P. A. B. M. V. SALETTENSI MISSIONNARII
VENERABUNDI AC MEMORES,
DIE 25ᵉ MAII, ANNO 1861,
POSUÈRE.

Cette inscription fut composée par le vénérable M. Rousselot, qui a suivi quatre ans plus tard le saint Evêque dans la tombe. En voici la traduction :

A Dieu très-bon, très-grand.
L'Illustrissime et Révérendissime Mgʳ Philibert de Bruillard,
Evêque de Grenoble,

Fondateur de ce saint édifice,
Voulut en mourant faire ici déposer son
Cœur,
En témoignage éternel de son amour
Pour la B. V. Marie de la Salette.

———

Digne de vivre dans la mémoire de tous les gens de bien,
Il mourut le 15 décembre 1860,
A l'âge de 95 ans.

———

Les PP. Missionnaires de la B. V. Marie de la Salette
Pleins de vénération et de reconnaissance
Lui ont élevé ce monument.

C'est le 25 mai 1861, par conséquent au neuvième anniversaire de la bénédiction de la première pierre du Sanctuaire, que s'opéra la translation du cœur de Mᵍʳ Philibert de Bruillard, de Grenoble à la Salette. Cette cérémonie attira à la Montagne un grand nombre de prêtres et de fidèles des environs, empressés de témoigner par là, de leur affection pour le prélat qui avait eu la gloire de juger canoniquement l'Apparition.

Dans la nef opposée, une place tout à fait semblable est réservée au cœur d'un bienfaiteur insigne du Sanctuaire, M. le comte de Pennalver, de Barcelone, à la munificence duquel sont dus les groupes de bronze qui font revivre sur les lieux de l'Apparition, le miracle du 19 septembre 1846.

La statue de l'Immaculée Conception, qui se trouve à l'endroit même où un jour reposera le cœur de M. le comte de Pennalver, est elle-même un *ex-voto*, dont voici l'histoire :

En juillet 1849, M. Rey de Garidel, de Marseille, se rendait au Pèlerinage de la Salette par l'ancien chemin qui longeait les précipices creusés aux flancs du mont Chamoux. La selle de sa monture s'étant renversée, il roula dans l'abîme. Humainement parlant, il devait y être broyé; mais par la protection de Marie il en sortit avec quelques légères contusions. Le 19 septembre suivant, M. Rey de Garidel envoyait au Pèlerinage cette statue, qui est restée jusqu'en 1876 sur l'autel du fond de l'abside ! Que d'hommages elle a reçus là dans ce lieu solitaire ! Que de prières ont été répandues à ses pieds. C'est cette statue qu'on a portée jusqu'à ce jour en triomphe dans les processions qui ont lieu aux grandes fêtes de Marie.

Les murs de la première travée du Sanctuaire sont couverts de tables de marbre, portant chacune une inscription, en mémoire des grâces multiples dont la Vierge de la Salette a été la dispensatrice : elles rappellent tantôt une guérison obtenue, tantôt une préservation miraculeuse; d'autres fois, une sainte mort.

Il en est quelques-unes que nous devons recueillir.

N° 649. — Tout près de l'endroit où repose le cœur de Mgr Philibert de Bruillard, on lit :

David dit au Philistin :
Tu viens à moi avec l'épée, la lance et le bouclier,
Et moi, je viens à toi au nom du Seigneur des armées,
Et il te livrera entre mes mains,
Afin que toute la terre sache qu'il y a un Dieu en Israël (*1er Livre des Rois*, 17, v. 43).
Vierge Immaculée, Notre-Dame de la Salette,
Soyez glorifiée de la protection accordée à Hugues de Monteynard,
Zouave pontifical, au combat de Mentana,
3 Novembre 1867.
Cinq coups de révolver tirés sur lui,
Presque à bout portant, ne l'ont pas touché,
Et lui a transpercé son adversaire.

Quoi de plus touchant que les adieux d'Hélène J., jeune fille de seize ans, à Notre-Dame de la Salette, après son pèlerinage à la sainte Montagne, le 11 septembre 1868. On y remarquera sans peine comme un secret pressentiment d'une mort prochaine, que rien pourtant ne faisait alors prévoir.

Chère Montagne, adieu ! Vierge de la Salette,
Adoucis ma douleur à l'heure du départ,

Tu le sais, ta Montagne et ses doux chants de fête,
Bientôt se cacheront à mon triste regard.

Je te laisse mon cœur, garde-le sous ton aile,
Mère, je t'en supplie : il est si jeune encor ;
Triste jouet des vents, sa timide nacelle
Sans ton puissant secours errerait loin du port.

Phare du voyageur, asile tutélaire,
Jette sur moi, du Ciel, ta divine lueur;
Et dirige mes pas sur cette pauvre terre,
Pour me conduire un jour à l'éternel bonheur.

Quelques mois plus tard, 20 mars 1869, Hélène J. s'endormait dans la paix du Seigneur, à Grenoble.

Par les soins d'une famille qui habite le château royal de Varsovie a été gravée l'inscription suivante :

Omnia mihi per Mariam (1).
Témoignage des grands bienfaits obtenus en 1863 et 1864,
Par Ignace et Léopoldine L.

(1) *Tout m'est venu par Marie.*

Sur le nº 523, vous lirez :

Reconnaissance à notre Mère,
Pour une conversion à l'heure de la mort.
R. J. Dillon et sa fille, New-York, le 9 novembre 1872.

Ailleurs :

Hommage d'amour et d'éternelle reconnaissance
A Notre-Dame de la Salette, pour la guérison de mon fils, en 1875 ;
Pour la mienne, en 1862, et pour plusieurs grâces obtenues par l'eau miraculeuse.
1876. Baronne d'Yversen, Gaillac (Tarn).

Dans plusieurs inscriptions, des noms seuls sont mentionnés, mais ces noms rappellent sans doute des faveurs, témoins les suivants :

Nº 548.

Numa d'Albiousse,
Commandant des zouaves pontificaux,
Colonel de la légion des volontaires de l'Ouest.

Nº 657.

Prænobilis familia

E comitibus de la Serna
B. V. Immaculatæ. Bruxellis, 1869 (1).

Ou bien ce sont des noms de villes unis à des dates significatives qui rappellent des périls :

Sedan			Montbeillard	
Orléans	} 1870		Paris	} 1871

Parfois, le marbre semble s'animer et pousser un cri de reconnaissance et d'amour :

Bis de summo misisti, Mater piissima
Et accepisti me, et assumpsisti me de aquis multis.
Omnia mea tua sunt; omnia tua sint mea.

Par deux fois, ô Mère très-miséricordieuse, vous m'avez tendu la main du haut du Ciel. Vous m'avez saisi et retiré des flots de la tribulation! Tout ce qui est à moi est à vous : que tout ce qui est à vous m'appartienne.   L. M.

Ou bien, n° 625 :

J'étais couchée au bord de la tombe, et Elle m'a dit : Levez-vous.
Je me suis levée pleine de vie pour redire ses bienfaits.
Reconnaissance de la Société de Marie Réparatrice, 25 mars 1867.

(1) *La très-noble famille des comtes de la Serna à la Bienheureuse Vierge Immaculée. Bruxelles, 1869.*

Cet *ex voto* rappelle la guérison merveilleuse de Mme de Saint-Victor, religieuse de Marie Réparatrice, dans le siècle, Mlle d'Hogvoost. La relation de ce fait a été écrite par Mgr de Monpellier, évêque de Liége (Belgique).

Là, sont citées les dernières paroles du général de Taxis, mourant. C'est un acte de foi en l'Apparition :

Notre-Dame de la Salette, si vous voulez,
Vous pouvez me guérir.

Nous n'en finirions pas si nous voulions lire toute cette émouvante histoire de ce que Notre-Dame a fait pour ceux qui l'ont invoquée; que serait-ce donc si nous ouvrions ces milliers de cœurs appendus à son autel, ou formant autour de son image une couronne où l'or, l'argent et le cristal mêlent leur reflet.

Que de prières ardentes; quels élans de reconnaissance sont écrits dans ces symboles de l'amour des enfants de Notre-Dame de la Salette pour leur Mère !

Mais descendez, et comptez si vous le pouvez ces béquilles devenues inutiles, suspendues au-dessous des voûtes du saint lieu; ces tableaux, tantôt riches et grands, tantôt modestes, couvrant les murailles du Sanctuaire qui bientôt ne pourront suffire à les recueillir. Parmi eux, les artistes trouveront des médaillons à admirer. Point d'incrédule qui ne soit ébranlé à ce spectacle; pas de cœur en proie à l'affliction, qui n'espère.

Que serait-ce donc si ces confessionnaux pouvaient parler et révéler les secrets de miséricorde dont ils ont été les témoins; car il ne faut pas s'y méprendre, la Vierge de la Salette est par-dessus tout la Réconciliatrice des pécheurs. Les miracles qu'elle opère, surtout, sont des conversions éclatantes : dès le principe, ça été là le fruit principal de son Apparition.

Mgr Ullathorne, évêque de Birmingham, qui a visité la montagne en 1854, n'a pas craint de publier qu'à ses yeux, *une des grandes merveilles religieuses de notre époque,* c'est la conversion des hommes qui, dans le pèlerinage de la Salette, sont passés subitement de l'indifférence ou du vice à la plus ardente piété. « Un grand nombre de pécheurs endurcis, ajoute cet illustre prélat, ont aussi été convertis par les prières, les neuvaines et les pèlerinages que leurs amis avaient faits pour eux à Notre-Dame de la Salette. Beaucoup de ces faits sont connus dans l'intérieur des familles; mais on comprend qu'il est impossible de les révéler au public. Ce sont-là, continue-t-il, des faits que des catholiques ne chercheront pas à expliquer par des causes naturelles. Ils supposent nécessairement l'intervention de la grâce divine. Des grâces ordinaires n'expliqueront pas une suite de conversions si multipliées, que celles qui ont été obtenues par le pèlerinage et la dévotion à Notre-Dame de la Salette. Le doigt de Dieu est là. »

Le doigt de Dieu y est encore à cette heure. Quel est l'homme qui oserait quitter cette Montagne arrosée des larmes de Marie, sans avoir cherché à consoler la divine Vierge par son

10

retour à la pratique chrétienne, s'il l'a négligée jusque-là ? Qui voudrait descendre de ce lieu sans avoir purifié sa conscience par l'aveu de ses fautes et par les larmes du repentir?

Ne jetons qu'un regard sur le tableau qui domine l'autel de Saint-Joseph. C'est une copie de l'Immaculée de Murillo. Celui qui est en face, au-dessus de l'autel de Sainte-Anne, représente la Sainte faisant l'éducation de la divine Vierge; il vient du palais des Beaux-Arts.

L'autel de l'abside de la nef de droite est dédié au sacré Cœur. Il a été érigé par la munificence de Mgr Ginoulhiac.

Celui de l'abside de la nef gauche est dédié à saint Philibert, patron de Mgr de Bruillard.

Les quatorze stations du Chemin de la Croix sont peintes sur toile; c'est une offrande des dames de Dijon, en Bourgogne. La patrie de saint Bernard et de sainte Chantal s'est fait remarquer depuis longtemps par sa dévotion à Notre-Dame de la Salette. Nous avons vu avec admiration au pèlerinage ses caravanes de jeunes gens.

LA CHAIRE

L'œuvre dont nous avons à parler fut conçue et entreprise en 1866. Elle répond à l'amour que la catholique Belgique a toujours eu pour Marie, et en particulier à sa foi en l'Apparition de 1846. Dès 1847, les pèlerins belges gravissaient la Montagne de la Salette, devenue la Montagne privilégiée de Marie; et, dès 1853, une Confrérie, affiliée à l'Archiconfrérie de la sainte Montagne, s'établissait dans le diocèse de Bruges, sous le vocable de *Notre-Dame Réconciliatrice de la Salette*.

Aujourd'hui, la Belgique compte plus de cinquante-trois Confréries affiliées, où les exercices de réparation se font solennellement et avec grand concours de fidèles. Plusieurs écrivains de ce pays ont pris la plume pour défendre le Fait de l'Apparition, et publier les enseignements qu'il renferme et les trésors de grâces dont il est la source.

Comme l'œuvre entreprise devait être celle des catholiques belges, une souscription fut ouverte. En tête, figurent les noms les plus respectables de l'Episcopat belge.

Tandis que les listes de souscription se remplissaient, les travaux d'exécution étaient poussés avec activité dans les ateliers de MM. Goyers, de Louvain. Le monument se terminait en septembre; et, malgré le désir qu'on eut de le voir inaugurer le jour anniversaire de l'Apparition, il ne put être érigé qu'un mois plus tard, le 19 octobre 1867.

Cette chaire est conçue dans le style roman et, par-là, se trouve en harmonie avec l'église qu'elle décore. Elle est en chêne de Russie sculpté et de forme hexagone, ayant dix mètres de hauteur. Tout cet édifice, aux gracieuses proportions, repose sur un socle ou pilier unique à six faces, aux angles desquelles se trouve une petite colonne en saillie. Ce socle est de plus, à la partie antérieure, flanqué de deux contre-forts aussi en forme de colonnes, et surmontés de deux statuettes assises; sur l'un, est saint Rembert, évêque de Brême, né dans la province de Bruges, qu'il représente; sur l'autre, sainte Gudule, vierge, née dans la province du Brabant, et représentant Bruxelles dont elle est la patronne.

La cuve a six faces. Sur les trois faces qui regardent l'assistance sont autant de niches occupées par des bas-reliefs d'un fini de sculpture remarquable. Le médaillon du milieu représente la Vierge conversant avec les Bergers; à droite, l'Annonciation; et à gauche, la Visitation; deux mystères symboliquement reproduits dans l'Apparition.

Une statue couronne le sommet de chaque rampe à sa partie extérieure. D'un côté, saint Gérard, abbé mitré, représente la province de Namur, dans laquelle il est né; à droite, sainte

Julienne de Réthinne, vierge, promotrice de la fête du très-saint Sacrement, née dans la province de Liége, qu'elle représente.

La richesse et la variété des décorations demanderaient sans doute de plus amples détails; mais nous n'embrassons que l'ensemble et ce qui peut donner une idée générale du monument.

Le ciel de l'abat-voix est à fond d'or, avec ornementation du XIIe siècle. Au milieu, se trouve l'image du Saint-Esprit aux ailes déployées. Aux six angles, se rattachent et se lient une suite de petites arcades soigneusement sculptées et aux pendentifs gracieux; le sommet de chacune de ces arcades est orné d'une rosace, à jour plein et à caractère tranché. Les statuettes qui couronnent les six angles de l'abat-voix, et qui produisent un gracieux effet, représentent encore chacune une province de la Belgique.

Pour la province d'Anvers, le bienheureux Jacques Fraryn, dit Florès, martyr, brulé vif au Japon; le bienheureux Berchmans, jésuite, né dans la province du Brabant, qu'il représente; saint Adélard, parent de Charlemagne, abbé de Corbie, représente la province de Gand, où il est né; pour la province du Hainault, le bienheureux Richard de Sainte-Anne, martyr au Japon; et pour la province du Limbourg, saint Trudon ou saint Trond, simple prêtre; enfin, saint Bérénice, né dans la province de Liége, et représentant la province du Luxembourg où il est particulièrement invoqué.

Le couronnement de l'abat-voix est orné d'une galerie formée de branches entrelacées;

derrière, s'élance un clocheton à double étage, surmonté d'une flèche portant la croix. Dans la niche, se trouve la statue de saint Joseph, patron de la Belgique. Cette dernière partie du monument, qui est à jour, prend les caractères du byzantin avec toute l'élégance et la profusion d'ornements qu'il comporte. Les colonnettes, les chapiteaux au feuillage varié y sont semés avec une richesse qui étonne et qui pourtant permet à l'œil de tout distinguer. L'effet général est saisissant, et l'on se trouve vraiment en face d'une œuvre d'art.

En terminant cette description, mentionnons le vœu exprimé dans une lettre qui accompagnait l'offrande de la chaire. Ce vœu partait du cœur de Mlle Francisca de Robiano, promotrice de la souscription.

« Ce monument est un don de l'épiscopat et des catholiques belges; qu'il soit envers Marie, notre Mère, un acte d'amour et de reconnaissance; qu'il demeure à jamais dans son Sanctuaire pour y être comme une prière continuelle ! Que les pèlerins, groupés autour de cette chaire pour y recevoir la foi, l'espérance et l'amour, intercèdent auprès de la Reine des Cieux pour un peuple qui aime à l'appeler sa Mère, afin que par Elle il conserve toujours, malgré les efforts tentés pour les lui ravir, la foi vive, l'espérance inébranlable et l'amour généreux pour son Dieu ! »

La chaire monumentale de Notre-Dame de la Salette est estimée à plus de 20,000 fr. Les noms de tous les souscripteurs qui ont concouru à son érection sont conservés sur la sainte Montagne dans un registre spécial.

LE DAIS

QUATRE portes latérales donnent sur le chœur du Sanctuaire; deux à droite, deux à gauche. Chacune est surmontée d'un large cadre enfermant une des pentes du dais de Notre-Dame de la Salette.

Si vous aimez l'art; si le souvenir des gloires chrétiennes de la France vous charme, arrêtez-vous devant cette nouvelle richesse du Pèlerinage.

Il n'est pas de nation, depuis l'établissement du Christianisme, pour qui Dieu ait plus fait, et qui ait à son tour plus fait pour Dieu que la nation française; aussi, notre histoire ne saurait être mieux résumée que par ces mots bien connus : *Gesta Dei per Francos*. Lorsqu'on néglige, en effet, le détail pour ne s'en tenir qu'aux grandes lignes de notre vie nationale, on ne peut qu'admirer cette action réciproque de la grâce de Dieu et des efforts tentés et réalisés par nos ancêtres pour y correspondre. Cette vue de notre passé nous encourage, et, en dépit des malheurs du présent, nous donne pour l'avenir d'invincibles espérances.

C'est le grand rôle de la France qui a inspiré à un des meilleurs fabricants d'ornements d'église de Lyon, M. Henry, l'heureuse idée de représenter sur les quatre faces du magnifique dais de Notre-Dame de la Salette, et en les groupant par époque, les plus saints et les plus illustres personnages de la nation française. Cette galerie qui commence avec nos premiers martyrs de la Gaule et finit à Louis XVI, forme au saint Sacrement un admirable cortège. Chacune des faces porte, en outre au milieu, un sujet particulier : une *Mater dolorosa*, Pie IX sur son trône, des emblèmes eucharistiques. La *Mater dolorosa*, qui se trouve placée sur la face du panneau de devant, soutient sur ses genoux le corps de Notre-Seigneur, mais elle peut représenter aussi la sainte Vierge s'apitoyant sur la France, c'est-à-dire, Notre-Dame de la Salette. L'intérieur contient, tracées en caractères gothiques, quelques-unes des paroles adressées à la France par la sainte Vierge au moment de l'Apparition.

L'idée générale, on pourrait dire française, est donc accompagnée d'une idée spéciale relative au Sanctuaire auquel le dais est destiné. Les personnages représentés ont été dessinés par un peintre, grand prix de Rome, plein de talent et d'avenir, M. Maillot, et ils ont été tissés en or et soie dans une splendide étoffe (1).

(1) Voici, à l'usage de ceux qui voudraient étudier de près ce beau travail, la nomenclature des saints ou des grands hommes de notre histoire, que l'artiste a groupés autour de la Croix :

Le point employé est le point des Gobelins, mais exécuté au moyen des métiers à la Jacquard, ce qui ne s'était encore jamais fait, croyons-nous, du moins en France.

Toutes les figures ont été tirées, quand cela a été possible, des documents contemporains,

PENTE D'ORIENT. — Sujet du milieu : *La Vierge des Douleurs, soutenant le Corps de Notre-Seigneur Jésus-Christ.*
A DROITE. — Sainte Geneviève, patronne de Paris. — Clovis. Il est à genoux, tenant de la main gauche l'aigle romaine. — Sainte Clotilde. — Saint Remi, bénissant Clovis qu'il a baptisé. — Saint Cloud, petit-fils de Clovis, le premier de la race royale qui fut dans les ordres. — Saint Grégoire, évêque de Tours, la plus grande figure de son temps et l'historien le plus autorisé de cette époque. — Charlemagne. — Roland.
A GAUCHE DE *La Pieta.* — Pierre l'Ermite, prédicateur de la première croisade. — Philippe-Auguste, à genoux. — Saint Dominique. — Suger. — Saint Bernard. — Saint Louis, portant la couronne d'épines. — Joinville. — Isabelle de France, sœur de saint Louis.

PENTE DU NORD. — Saint Bruno, fondateur de la Chartreuse, tenant à sa main une branche d'olivier en forme de croix. — Saint Hugues, évêque de Grenoble, qui fit don du désert à saint Bruno. — Godefroy de Bouillon, chef de la croisade, premier roi de Jérusalem. — Pierre-le-Vénérable, abbé de Cluny. — Saint Jean de Matha, né à Barcelonnette, qui fonda l'ordre dit des Mathurins, pour le rachat des captifs. — Eustache de Saint-Pierre, celui qui se dévoua pour sauver Calais des fureurs d'Edouard III. — Le Pape Jean XXII, né à Cahors. — Duguesclin. — Charles V. — Gerson, chancelier de l'Université, et d'après quelques-uns l'auteur de l'Imitation de J. C. — Jeanne d'Arc. — Arthur de Richemond, le connétable qui acheva l'œuvre de Jeanne et reprit Paris. — Charles VII.

MILIEU DE LA PENTE. — *Anges portant le raisin de Chanaan.* — Saint François de Sales. — Sainte Jeanne de

11

soit portraits, soit miniatures de manuscrits; de là, l'extrême variété non-seulement des vêtements, mais surtout des figures. M. Henry n'a donc pas fait seulement œuvre d'art, mais œuvre de science et d'archéologie; et l'exécution sur étoffe en est tellement parfaite que vue

Chantal, première supérieure de la Visitation. — Saint François Régis. — Saint Vincent de Paul, tenant un enfant qu'il présente à Mlle Le Gras. — Mlle Le Gras, première supérieure des sœurs de Saint-Vincent-de-Paul, suivie d'un vieillard, rappelant la fondation de l'hospice des Quinze-Vingt. — La bienheureuse Marguerite-Marie Alacoque. — L'abbé de Rancé, réformateur de la Trappe. — Le vénérable Grignon de Montfort. — Le vénérable Jean-Baptiste de La Salle, chanoine de Reims, fondateur des Frères de la Doctrine chrétienne. — Le Père Bridaine, le missionnaire le plus éloquent et le plus ardent prédicateur du xviiie siècle. — L'abbé de l'Espée.

PENTE SUD. — Louis XI. — Sainte Jeanne de Valois. — Philippe de Commines. — Anne de Beaujeu. — Louis de La Trémouille. — Louis XII. — Anne de Bretagne. — Georges, cardinal d'Amboise, mort à Lyon. — Gaston de Foix. — Bayard. — François de Guise, qui sauva Metz et reprit Calais aux Anglais. — Michel de l'Hôpital. — Marie Stuart. — Henri IV.

MILIEU DE LA PENTE. — *Anges portant les Eulogies.* — Louis XIII. — Richelieu. — Lesueur. — Corneille. — Mabillon. — Turenne. — Bossuet. — Vauban. — Fénelon. — Racine. — Marie Leczinska. — Mgr de Belzunce. — Louis XVI. — Madame Elisabeth.

PENTE OUEST. — Au Centre. — *Pie IX.*

A Droite. — Saint Pothin, évêque de Lyon. — Saint Irénée, évêque de Lyon. — Sainte Blandine, vierge et martyre. — Saint Sidoine Apollinaire. — Saint Mamert, évêque de Vienne. — Saint Victor, tribun militaire renver-

à une distance même rapprochée, une peinture à l'huile ne donnerait pas plus de détail ni de relief (1). Le dais de Notre-Dame de la Salette a été inauguré à la Fête-Dieu de 1876; il coûte plus de 15,000 fr.

sant l'autel de Jupiter devant l'empereur Maximien. — Saint Eucher, évêque de Lyon. — Saint Trophime, évêque d'Arles, disciple de saint Paul. — Saint Césaire, évêque d'Arles. — Saint Symphorien, martyr à Autun.

A GAUCHE DE PIE IX. — Saint Denys, portant sa tête selon la tradition. — Saint Germain, évêque d'Auxerre, portant la médaille de sainte Geneviève. — Saint Martin, tribun militaire romain, évêque de Tours. — Sainte Colombe, de Sens, vierge et martyre sur un bûcher dont la pluie éteignit les flammes. — Saint Martial, évêque de Limoges. — Saint Hilaire, évêque de Poitiers. — Saint Quentin, chevalier romain et martyr. — Saint Honorat, caractérisé par le voisinage d'un palmier. — Saint Didier, évêque de Langres, martyr. — Saint Claude, ressuscitant un enfant retiré d'un puits.

(1) D'après la *Semaine catholique* de Lyon.

LES MISSIONNAIRES & LES RELIGIEUSES

DE NOTRE-DAME DE LA SALETTE

LES deux portes latérales les plus voisines du maître-autel introduisent : celle de gauche, chez les Pères Missionnaires qui donnent l'hospitalité aux hommes; celle de droite, dans le couvent des Religieuses où sont reçues les femmes. A la Salette, en effet, les époux eux-mêmes, selon le conseil de saint Paul, se séparent pour un temps, afin de vaquer à la prière.

Les deux couvents peuvent loger quatre cents pèlerins, et en abriter des milliers aux jours d'affluence extraordinaire; s'étendant parallèlement l'un à l'autre, ils forment comme les ailes du Sanctuaire, et avec lui font un ensemble de constructions admirablement coordonnées. Vous en jugerez à votre première ascension à la croix du Planeau, d'où votre regard les embrassera sans effort.

Les Missionnaires font le service du Pèlerinage depuis 1852. Mgr Philibert de Bruillard, évêque de Grenoble, de sainte et glorieuse mémoire, peu après avoir porté son jugement doctrinal sur l'Apparition de 1846, fonda cette Congrégation.

« Quelque importante que soit l'érection d'un Sanctuaire, disait-il, il est quelque chose de plus important encore, ce sont des ministres de la religion destinés à le desservir, à recueillir les pieux pèlerins, à leur faire entendre la parole de Dieu, à exercer envers eux le ministère de la Réconciliation, à leur administrer l'auguste Sacrement de nos autels, et à être pour tous, les dispensateurs fidèles des mystères de Dieu et des trésors spirituels de l'Eglise.

» Ces prêtres seront appelés les Missionnaires de Notre-Dame de la Salette; leur création et leur existence seront, ainsi que le Sanctuaire lui-même, un monument éternel, un souvenir perpétuel de l'Apparition miséricordieuse de Marie.

» Ce Corps de Missionnaires est comme le sceau que nous voulons mettre aux autres œuvres que, par la grâce de Dieu, il nous a été donné de créer. C'est, pour ainsi dire, la dernière page de notre testament; c'est le dernier legs que nous voulons faire à nos bien-aimés diocésains. C'est un souvenir vivant que nous voulons laisser à toutes et à chacune de nos paroisses; nous voulons revivre au milieu de vous, nos très-chers Frères, par ces hommes respectables qui, en vous parlant de Dieu, vous feront souvenir de prier pour nous. »

C'est dans son Mandement du 1er mai 1852, que parlait ainsi ce vénéré vieillard. C'est de cette époque que date la Communauté.

Les Missionnaires prirent possession de la sainte Montagne encore déserte et dépourvue de toute habitation. Ils s'installèrent dans des baraques en planches; comme autrefois les Israélites, ils habitèrent sous la tente du désert. Il y eut des privations à s'imposer, car tout manquait, même une cellule. Le vent, qui soufflait à travers les ais de leur rustique demeure, éteignit, plus d'une fois, la bougie qui les éclairait le soir, et souvent, en se levant, ils trouvaient leurs vêtements trempés par la pluie de la nuit. Mais l'abondance de la moisson leur faisait tout oublier.

De toutes parts, les foules affluaient, les pécheurs se convertissaient et une rénovation religieuse s'opérait sensiblement. Tout cela était bien de nature à adoucir les peines et les labeurs des Missionnaires. Ils eurent d'ailleurs la joie de voir jeter les fondements du Sanctuaire, et s'élever avec une rapidité merveilleuse les constructions de la Salette.

Depuis 1852, jusqu'à l'heure présente, la Communauté a cherché à réaliser les vœux du Pontife qui l'avait établie. Durant ces vingt-cinq années, les Missionnaires de Notre-Dame de la Salette ont évangélisé la plupart des paroisses du vaste diocèse de Grenoble.

Mgr Fava, notre Evêque actuel, dans son zèle pour le culte de l'Apparition, a compris que le moment était venu de donner à la Congrégation une forme définitive. Il a donc approuvé les constitutions qui, désormais, seront la loi de la Communauté. Rien ne manque à cette règle de ce qui peut constituer une Congrégation régulière, se gouvernant elle-même, sous la tutelle de Mgr l'Evêque de Grenoble, en attendant que l'approbation du Souverain Pontife lui donne sa dernière sanction. Les membres de la Congrégation font d'abord pour cinq ans, et ensuite pour toujours, les trois vœux qui sont essentiels à la vie religieuse. Ils y ajoutent celui de dévouement au Saint-Siége. Les Missionnaires et les Frères coadjuteurs seront admis à ces vœux, après l'épreuve d'un postulat de deux à six mois et d'un noviciat d'un an.

Le but de la Congrégation des Religieux Missionnaires de Notre-Dame de la Salette est de desservir les pèlerinages établis en mémoire de l'Apparition, de donner des missions et des retraites, et de préparer la jeunesse à la vie sacerdotale.

Bien que sous leur première règle, les Missionnaires eussent exercé leur ministère dans divers diocèses de France, leur œuvre avait néanmoins un caractère local et diocésain.

En approuvant leurs nouvelles constitutions, Mgr Fava donne à la Communauté la facilité de s'étendre en dehors des limites de son diocèse, selon les indications de la Providence, et il autorise la création d'un scolasticat destiné à préparer de futurs Missionnaires.

Déjà plusieurs sujets, ayant fait leurs études classiques seulement, sont admis au noviciat et pourront poursuivre, au sein de la Communauté, leurs études de philosophie et de théologie.

De plus, une école d'enfants qui désirent se faire Missionnaires de Notre-Dame de la Salette a été établie au Pèlerinage. Plus de trente enfants y sont admis, et, tout en formant la maîtrise du Sanctuaire, et en réjouissant les pèlerins par les accents de leurs fraîches voix, ils se préparent à la vie sacerdotale et apostolique. Ces enfants vivent presque comme des religieux ; ils récitent en chœur avec les Pères Missionnaires une partie de l'office, et s'approchent des sacrements au moins tous les huit jours. Cette œuvre donne de sérieuses espérances, et si les ressources fournies par la charité, permettent de recevoir tous les enfants de familles honnêtes mais pauvres, qui sollicitent leur admission à l'école, un jour s'accomplira cette parole de la Vierge de la Salette : « *Eh bien ! mes enfants, vous le ferez passer à tout mon peuple.*

C'est en 1869, vers la fin de l'épiscopat de M⁰ʳ Ginoulhiac à Grenoble, que se sont établies les Religieuses de Notre-Dame de la Salette. Leur maison-mère et leur noviciat sont aux Charmilles, près de Grenoble. Leur but est de répandre à leur manière les enseignements de l'Apparition, et d'apaiser la colère de Dieu par les pratiques expiatoires que leur fournit la piété.

En décembre 1872, M⁰ʳ Paulinier les a appelées au service du Pèlerinage, qui avait été confié jusque-là aux Sœurs de la Providence, congrégation florissante du diocèse de Grenoble qui, pendant de longues années, a bien mérité des pèlerins.

Les Religieuses de la Salette, qui ne datent que de quelques années, sont déjà au nombre d'environ cinquante, réparties dans trois maisons : la maison-mère aux Charmilles, celle de la Montagne et une troisième à Saint-Martin-le-Vinoux, près Grenoble. Dans cette dernière, elles consacrent leur dévouement à l'asile Sainte-Agnès, où sont recueillies cinquante jeunes filles idiotes. C'est là assurément un ministère d'expiation bien en harmonie avec l'esprit de la Vierge, qui a choisi pour se montrer à eux, des pâtres ignorants et grossiers.

Tout fait espérer que cette Congrégation deviendra nombreuse et s'étendra au loin.

Que vous deviez recevoir l'hospitalité chez les Pères Missionnaires ou chez les Religieuses, vous serez dans la maison de la Vierge notre Mère à tous, et par conséquent chez vous. Si vous n'y trouvez ni tout le luxe ni le confortable des hôtels, du moins, une fraternelle charité vous mettra à l'aise, et vous ne tarderez pas à dire, comme les Apôtres au Thabor : *Il fait bon ici !*

Les pauvres eux-mêmes sont accueillis cordialement; ils peuvent séjourner au Sanctuaire tout le temps nécessaire pour s'y approcher des sacrements.

Il y a une table plus modeste que la table d'hôte, où l'on ne fait que les dépenses que l'on veut. Le concours fût-il nombreux comme les foules qui accompagnaient Jésus-Christ au désert, la Vierge comme son divin Fils ne vous laissera pas partir à jeun. Elle ne veut pas que ses pèlerins tombent de défaillance en route. Et le Monastère a fourni parfois des aliments à plus de trois mille personnes dans la même journée. (Voir à la fin du volume la note 7.)

12

LE RÈGLEMENT DE LA MAISON

A PRÈS vous être assuré de votre chambre, que vous trouverez modeste mais propre et convenable, prenez connaissance du Règlement de la Maison. La négligence ou l'oubli sur ce point vous priverait de quelques exercices, qui pourront vous intéresser, et vous aider à tirer bon parti de votre pèlerinage.

Le Règlement est affiché dans les cloîtres, en même temps que le discours de la *Vierge de l'Apparition* que vous aimerez à lire et à méditer. Voici d'ailleurs les principaux exercices du Pèlerinage :

Hiver et été, à quatre heures et demie, la cloche du couvent retentira à vos oreilles, et vous annoncera le lever de la Communauté. Pas d'obligation de vous conformer à ce point de la Règle, surtout si la veille vous avez passé une nuit en voiture ou en chemin de fer, et fait l'ascension à pied.

La prière publique se fait à cinq heures moins dix minutes. La première messe se dit à cinq heures, et souvent, durant l'été, des prêtres qui veulent partir de grand matin, célèbrent les saints mystères avant cinq heures.

Sept heures, Messe de Communauté. C'est à cette Messe qu'on fait ordinairement la Communion. Pour vous y préparer vous trouverez, dès le matin, des Pères au saint tribunal, et, si par une circonstance exceptionnelle, ils ne s'y rencontraient point, venez à la sacristie, la deuxième porte à droite du maître-autel vous y introduira. Si elle est fermée, sonnez : on ne tardera pas de vous répondre.

Un prêtre ou un pèlerin tient-il à voir un Père dans sa chambre, qu'il use du même moyen, et cela à quelque heure que ce soit, ou bien qu'il s'adresse au frère portier du Monastère.

La Messe de Communauté est précédée de *Prime*, psalmodiée par les Pères et par les élèves de l'Ecole Apostolique.

A sept heures trente, le déjeuner, toujours assaisonné par l'appétit que donne l'air pur et frais de la Montagne.

Si vous avez ensuite une excursion à faire, rien ne peut y mettre obstacle jusqu'à onze heures.

Le dimanche, toutefois, la procession se fait à neuf heures et demie, et elle est suivie de la Messe solennelle. Le meilleur, pendant les heures libres, sera sans doute de se mêler aux pèlerins qui, sans respect humain, parcourent les stations du chemin de la croix sur les lieux de l'Apparition, de visiter le cimetière ou de préparer sa confession; *il y a temps pour tout,* dit le Saint-Esprit.

Qu'on se garde de manquer le récit de l'Apparition qui se fait à onze heures, près de la Vierge en pleurs, si le temps le permet, sinon dans l'église. Le dimanche, cet exercice a lieu après les vêpres. Vous entendrez là rappeler les circonstances les plus intéressantes du Fait de la Salette. Il vous sera loisible de soumettre vos doutes et de poser des questions au Père Missionnaire. Ce récit simple, mais qui sur les lieux même de l'Apparition, a une éloquence à émouvoir jusqu'aux larmes, est souvent interrompu par les pèlerins venus en actions de grâces. Ils aiment à raconter là, les prodiges qu'ils ont obtenus par Notre-Dame de la Salette.

A midi moins un quart, vous entendrez dans le Sanctuaire, la lecture de quelques passages de la sainte Ecriture et de l'examen particulier.

A midi, dîner. Les Pères Missionnaires récitent en chœur, à deux heures moins un quart, les vêpres et les complies qui, tous les vendredis, sont suivies du chemin de la croix. — Les pèlerins ne manquent pas d'assister surtout à ce dernier exercice.

A quatre heures, Matines et Laudes psalmodiées par les Pères Missionnaires, tous les jours, excepté le dimanche où elles se disent à cinq heures, le lundi on les récite à six heures.

Le souper des pèlerins est à six heures trente minutes; et, après une courte récréation, ils sont invités par la cloche du Sanctuaire à se rendre au saint lieu. C'est d'abord la récitation du chapelet, puis le chant d'un cantique en l'honneur de Notre-Dame de la Salette. Les voix se mêlent, les cœurs s'unissent pour louer Marie, la reine de ces lieux. Vient ensuite, et cela tous les jours de l'année, l'énumération des intentions diverses recommandées aux prières des pèlerins et aux heureux habitants de la sainte Montagne. Ceux qui ont le bonheur de la gravir, font prier pour les âmes chères qu'ils ont quittées. De tous les points du monde, les yeux sont tournés vers la Montagne de la Salette, et chaque jour la poste apporte le récit de toutes sortes d'épreuves, ou le témoignage de la reconnaissance. Un des Pères, tous les soirs, expose ces besoins divers, et réclame tour à tour des supplications et des actions de grâces. Conversions, guérisons, vocations, familles éprouvées ou heureuses, missions, œuvres catholiques, vivants, défunts, bienfaiteurs du Sanctuaire ou de l'Ecole, clergé, communautés religieuses, agonisants, âmes du purgatoire, intérêts généraux de l'Eglise et de la France, la patrie des âmes et celle des corps; rien n'est oublié aux pieds de Marie. Et après cette énumération la prière est plus fervente, dilatée qu'elle est par une charité qui embrasse l'univers.

La prière du soir se fait donc ensuite en public; elle est suivie d'une courte instruction. Toujours le *Salve Regina* termine cette cérémonie, une des plus touchantes du Pèlerinage; et après avoir répandu aux pieds de Marie ses vœux, ses chants et souvent ses larmes, on va en silence prendre sous son aile le repos du soir.

Les prêtres ont soin, toutefois, après le *Salve Regina,* de passer à la sacristie pour s'y faire inscrire, et choisir une heure pour leur messe du lendemain.

Le samedi soir, depuis le 1er mai jusqu'au 1er octobre, le saint Sacrement reste exposé durant toute la nuit et jusqu'après les vêpres du dimanche.

Les Religieuses font l'adoration jusqu'à une heure du matin, et la Mère supérieure inscrit le soir à la sacristie, qui est à gauche du maître-autel, le numéro des chambres des pèlerines, qui veulent bien passer avec les sœurs, une heure devant Jésus-Hostie.

A une heure du matin, c'est le tour des Missionnaires. Les pèlerins qui désirent faire l'adoration avec eux, se font inscrire à la sacristie des Pères, et ils sont éveillés à l'heure qu'ils ont choisie.

On ne peut parler qu'à voix basse dans les corridors, afin de ne pas troubler le recueillement de ceux qui font leur retraite; il en doit être de même sur les lieux de l'Apparition.

Outre les exercices de chaque jour que nous venons d'indiquer, il se donne chaque année à la Montagne, trois retraites publiques de cinq jours chacune. Elles précèdent les fêtes de la Visitation, 2 juillet; de l'Assomption, 15 août, et du 19 septembre, anniversaire de l'Apparition.

LE PLANEAU

Vous êtes au courant des usages de la Communauté. Si vous avez une demi-heure libre, vous pouvez faire une sortie aux environs du Monastère. La Montagne du Planeau s'offre à vous. Elle est toujours couverte de verdure et de fleurs, quand elle ne l'est pas de neige. Dès que le soleil du printemps a réussi à percer le manteau d'hiver qui l'enveloppe, vous voyez apparaître, dans un cadre de neige, les crocus, la violette, la gentiane. Celle-ci étale au soleil sa longue cloche azurée, et la referme dès qu'un nuage assombrit le ciel. Plus sage que l'homme, cette fleur ne livre pas aux orages son sanctuaire intérieur. La soldanelle n'est ni moins gracieuse, ni moins précoce.

Si vous aimez à herboriser, venez en juin ou en juillet, la flore de la Salette est riche. Les botanistes assurent que sur les sommets qui servent d'enceinte aux lieux de l'Apparition, on peut cueillir plus de trois cents plantes, rares ailleurs, et qui forment là un gazon épais et parfumé.

L'ascension du Planeau est facile pour tous, même pour les malades. La grande croix qui le domine, et que vous avez aperçue bientôt après avoir quitté Corps, est à 1,806 mètres au-dessus du niveau de la mer. De là, vous verrez tout à l'aise le Sanctuaire, avec son élégante toiture de cuivre qui résiste à tous les orages, et les deux couvents adjacents, qui semblent lui offrir à la fois un contre-fort pour le soutenir, et un piédestal pour le mettre en saillie. Volontiers, vous vous écrierez avec Balaam, contemplant d'un haut sommet le camp d'Israël rangé dans le plus bel ordre autour du Tabernacle : « Que tes pavillons sont beaux, Israël ! »

Un illustre Evêque qui avait visité la Salette aussitôt après l'Apparition, étant revenu au Pèlerinage en 1871, disait avec admiration : C'est une création au milieu de ce désert !

C'est la Vierge qui a fait ce prodige; qui en pourrait douter en voyant l'Eglise, dépouillée de ses biens par les révolutions, avoir tant de peine à faire réussir les œuvres qu'elle entreprend à la gloire de Dieu ? Il n'est pas jusqu'à la construction d'une modeste chapelle de village, qui ne rencontre de grandes difficultés.

Un prêtre, ne croyant pas au miracle du 19 septembre 1846, qui du reste ne peut être de foi, se plaignait de ne pouvoir trouver les fonds nécessaires à la construction de son église. — Faites donc une Apparition, lui répondit un de ses confrères. — Que les incrédules qui ne veulent point du surnaturel, expliquent les pèlerinages nombreux, continus, qui se dirigent vers les sanctuaires de Marie, les offrandes considérables qui y ont été faites, l'adhésion de tant d'illustres personnages ? Qu'ils s'avisent de créer une semblable imposture produisant les mêmes résultats, et nous ne parlerons plus de la Salette. Nous empruntons le raisonnement de Mgr Gaume, un de nos pèlerins. Au moins faut-il convenir que les cléricaux, et même les pauvres pâtres de leur parti, ont eu une habileté et une puissance qui laissent loin derrière elles celles des machinations des ennemis de l'Eglise.

Comment pourrait-on supposer avec quelque vraisemblance que le mouvement produit par le Fait de la Salette, que les largesses extraordinaires qu'il a inspirées, ont été le fruit des duperies de deux pauvres Pâtres ignorants ?

Selon les principes incontestables de la logique, tout effet doit être proportionné à sa cause, et, selon le principe de Leibnitz, admis de tous les philosophes, il n'est rien qui n'ait la raison suffisante de son existence. Si les incrédules, en prenant deux pauvres enfants des Alpes, réussissent à reproduire les mêmes résultats que Maximin et Mélanie, c'en sera fait du miracle de la Salette. Qu'au lieu donc de tant crier contre la superstition et la supercherie de ce Sanctuaire, la presse sectaire cherche à expliquer les faits qui s'y passent.

On peut appliquer à la Salette l'inexorable argument de saint Augustin : Ou le pèlerinage a été établi par les miracles qui s'y sont opérés, ou non. Dans le premier cas, Dieu et Marie sont intervenus, et rien n'est plus logique que ce pèlerinage ; dans le second, c'est-à-dire si ce pèlerinage s'est établi sans miracle, c'est là un des plus grands miracles.

13

Puisque c'est un effet sans une cause naturelle équivalente, vous devez nécessairement recourir à l'intervention surnaturelle; et, par conséquent, il faut reconnaître la divinité du catholicisme, car ce n'est que dans notre sainte religion, et dans le sein de l'Eglise catholique, apostolique, romaine, qu'arrivent de tels prodiges, et un concours si extraordinaire du peuple fidèle.

Pharisiens du XIXe siècle, répondez, si vous le pouvez, à un tel dilemme!

Toutefois, ce n'est pas le moment de la discussion. Si vous pouvez détacher vos regards du Sanctuaire, arrêtez-les sur le versant méridional du Planeau : c'est là que les bergers avaient gardé leurs troupeaux, la matinée du 19 septembre 1846. Quel spectacle gracieux et pittoresque s'offre à vous! Les hameaux de la Salette, avec leurs toits de chaume échelonnés en amphithéâtre autour de la modeste église qui est au centre; des prairies verdoyantes, entremêlées de moissons; des bosquets aux flancs des montagnes; tout cela sillonné par les torrents qui apparaissent à la fonte des neiges ou après les pluies, comme des filets d'argent au sein des ravins; çà et là des troupeaux suspendus aux rochers et des agneaux qui bondissent. Plus loin, la vallée du Drac, surmontée du gigantesque Obiou. Autour du bassin, une ceinture de montagnes qui portent dans les nues leurs vastes créneaux. Hâtez-vous d'admirer ce riant paysage. Des pèlerins qui ont parcouru la Suisse en tout sens nous assurent n'y avoir rencontré rien de plus frais ni de plus beau. — Je dis, hâtez-vous, car un rideau de nuages pourrait bien s'étendre sur ce panorama; alors vous auriez sous les yeux un autre spectacle non moins grandiose. Le soleil sur votre tête dorant les hauts sommets, et au-dessous de vous, un océan de vapeurs blanches, tantôt agitées par les vents, tantôt unies comme une glace et s'étendant du Planeau à l'Obiou.

On peut jouir souvent de la magnificence de ce tableau à la Salette, surtout à partir du mois d'octobre jusqu'au mois de juin.

Après avoir salué la croix, il est temps de descendre en cueillant quelques fleurs que vous irez déposer aux pieds ou sur le front de la Vierge qui pleure.

QUELQUES CIRCONSTANCES DU FAIT DE LA SALETTE

PUISQUE nous voilà revenus sur les lieux de l'Apparition, nous allons encore étudier ensemble l'Evènement qui s'y est accompli. Il n'est pas un seul des détails de cette glorieuse manifestation de la Reine du Ciel qui ne mérite d'être recueilli avec un religieux respect. C'est vers deux heures et demie qu'a dû avoir lieu l'Apparition; et elle a duré, croit-on, environ une demi-heure. Une double lumière environnait la sainte Vierge : l'une fixe rayonnait à trois ou quatre mètres; l'autre scintillait autour d'Elle. Cette clarté, disent les deux témoins, était plus brillante que celle du soleil, mais d'une autre couleur. C'est elle qui, prenant des formes diverses servait de vêtement à la divine Vierge. La clarté du soleil, qui était cependant splendide au 19 septembre 1846, semblait pâle aux petits Bergers, après qu'ils eurent contemplé l'Apparition.

Les statues que vous avez sous les yeux, don insigne de M. le comte de Pennalver, de Barcelonne, ont été coulées au Creuzot, d'après les modèles fournis par M. Barrême, d'Angers. C'est des ateliers de M. Barrême, dirigés aujourd'hui par M. Bourriché, que sont sortis les groupes représentant l'Apparition les mieux réussis.

Non-seulement ces statues sont là, à l'endroit même où la Vierge a pris les trois poses, que nous avons fait connaître dans notre récit ; mais l'artiste s'est appliqué à reproduire aussi fidèlement que possible la vérité historique sur l'attitude et les vêtements de la Vierge, et les autres circonstances de l'Apparition.

La *Belle Dame*, ont dit les enfants, avait le front ceint d'une couronne de roses étincelantes et d'un brillant diadème. Sa robe, d'une forme très-simple, était d'une blancheur éblouissante. Sur ses épaules, elle portait un modeste fichu bordé d'une guirlande de roses. Deux chaînes pendaient sur sa poitrine : l'une, plus grande, figurait sans doute le poids de nos iniquités, qui pèse lourdement sur son cœur de Mère ; l'autre, plus petite, portait une croix avec son Christ. A droite de la croix, étaient des tenailles ; et à gauche, un marteau. La sainte Vierge avait devant elle un tablier, comme une humble servante. Mais tout était lumière.

C'est bien là l'auguste Reine du Ciel environnée de gloire, et en même temps la Vierge humble et modeste de Nazareth qui vient, en se montrant à la terre, nous prêcher la simplicité chrétienne. Les cheveux de la *Belle Dame* étaient cachés par sa lumineuse coiffure ; une sorte de guimpe brillante lui voilait le cou; et ses mains, pendant tout le temps qu'elle parla, furent recouvertes par les longues manches de sa robe.

Tout ce récit des Bergers est reproduit par le bronze, autant du moins qu'un lourd métal peut retracer ce qui vient du Ciel.

La Vierge n'a pas permis au petit Berger de contempler son visage. Les rayons d'une lumière éblouissante ont dérobé aux regards de cet enfant la virginale beauté qui ravit les anges.

Quel admirable exemple de modestie !... Seule, Mélanie a pu lire dans les traits de la divine Vierge l'expression d'une maternelle tendresse et d'une profonde douleur. Seule, elle a vu couler les pleurs de Celle qui ne connaît plus, sans doute, les tristesses de cet exil, mais qui venant sur la terre, a dû parler le langage de la terre, et se servir des larmes pour nous dire plus éloquemment, que nous devons pleurer nos péchés et fuir les folles joies du monde.

Pendant tout le temps que la *Belle Dame* nous a parlé, a dit la jeune Bergère, elle n'a cessé de pleurer. Ses larmes s'évanouissaient dans la lumière et ne descendaient pas jusqu'à terre. Elles ruisselaient plus abondamment tandis que la sainte Vierge annonçait les maux qui menacent les hommes, s'ils refusent de se convertir. Les pleurs de la divine Messagère ne tarirent que lorsqu'elle leva les yeux vers le ciel avant de disparaître.

La voix de la Vierge était d'une douceur telle, que les mélodies de la terre n'en peuvent donner une idée. Aussi, les enfants recueillaient-ils avec avidité ses paroles, lors même qu'ils n'en comprenaient pas le sens. Heureux les cœurs qui seront touchés par ces accents maternels ! Heureuses les âmes qui feront leur nourriture de ces célestes enseignements !...

Pendant tout son discours, aussi bien qu'en gravissant la colline d'où elle est remontée au Ciel, la Vierge était comme suspendue à dix centimètres au-dessus de la terre, nous invitant par là à dégager nos cœurs des biens d'ici-bas pour les élever en haut.

Avant 1864, on ne trouvait sur les lieux de l'Apparition qu'une petite statue en fonte. Un ouvrier de Lyon l'ayant gagnée à une loterie, l'offrit à Notre-Dame de la Salette en *ex-voto* pour la guérison d'une maladie grave de sa femme : on la voit aujourd'hui encore tout près de la source.

Les groupes actuels ont été placés en 1864 : nous avons eu la joie de les voir arriver au Pèlerinage. A cette époque, le chemin du Gargas n'était encore qu'un sentier. Si on n'eût compté sur la protection de la Vierge, c'eût été téméraire d'entreprendre par des voies si difficiles, de transporter au Pèlerinage de pareils fardeaux. Quand on espère en Marie on n'est pas confondu ! — On improvise donc un petit chariot avec des roues peu distantes l'une de l'autre ; on y place une des statues. Les mulets sont attelés, près de trente hommes suivent l'équipage, grimpant sur les rochers qui dominent le sentier, et retenant avec de robustes cordes le chariot, afin qu'il ne se précipite pas dans le ravin. Cette précaution est loin d'être inutile, car plus d'une fois une seule roue portait, l'autre était suspendue à force de bras au-dessus de l'abîme. Il fallut renouveler plusieurs fois ce laborieux trajet qui durait de longues heures.

Quand la statue de la Vierge en pleurs arriva vers l'endroit où se trouve aujourd'hui le châlet, force fut de céder à l'impatience qu'avaient les pèlerins de la voir. On ouvre donc la caisse qui l'enfermait, et on la dresse sur le chariot.

Dès que les yeux aperçoivent cette image si émouvante de Marie en pleurs, ils se remplissent de larmes. Les mulets sont dételés, et les pèlerins saisissant le chariot, l'amènent avec son précieux fardeau, au-dessus de la Fontaine miraculeuse.

Il n'y avait à cette époque que des croix de bois sur les lieux de l'Apparition ; une petite barrière aussi de bois était incapable de les garantir contre la pieuse avidité des pèlerins qui s'en disputaient les fragments. Les brins d'herbe, les pierres, la terre elle-même étaient emportés comme des souvenirs de ces lieux sanctifiés par les pieds de la Vierge.

Il fallut donc songer à garantir les groupes de bronze qu'on commençait comme à limer, afin d'en emporter la poussière. La grille de fer qui protège aujourd'hui ces lieux saints fut placée en 1868, ainsi que les croix qui marquent le parcours de la Vierge.

Ces quatorze croix sont en fonte et portent chacune un médaillon de bronze représentant une des stations du chemin de la croix. Point de pratique, en effet, qui s'harmonise mieux avec

. l'Apparition que celle du chemin de la croix. Les bons habitants de la Salette l'ont compris dès le commencement du Pèlerinage; aussi le 24 juin 1847 plantèrent-ils quatorze croix de bois sur les lieux de l'Apparition. La Salette n'est-elle pas un nouveau Calvaire arrosé comme le Golgotha des larmes de Marie ? Plusieurs pèlerins venus de Jérusalem ont même trouvé quelque analogie entre la voie douloureuse parcourue par Notre-Seigneur, et celle qu'a décrite la Vierge de l'Apparition.

LA FONTAINE MIRACULEUSE

AVANT le 19 septembre 1846, la Fontaine miraculeuse ne coulait qu'à la fonte des neiges ou après les grandes pluies. Les habitants de la Salette, qui étaient venus sur ces hauteurs pour garder leurs troupeaux ou y recueillir un peu de foin, sont unanimes à l'attester. Les enfants remarquèrent bien qu'elle ne coulait pas le 19 septembre à midi, car ils eurent besoin, pour se désaltérer, de chercher une source qu'ils trouvèrent à quelques mètres plus haut. La Vierge, en apparaissant assise sur les pierres superposées à côté de cette Fontaine, avait les pieds dans son lit desséché.

Le soir du 19 septembre 1846, les petits Pâtres n'eurent pas la pensée d'aller voir si elle coulait. Le lendemain, dimanche 20 septembre, personne ne gravit la Montagne. Le 21, quelques habitants de la Salette, émus par le récit des Bergers et par les sanglots de leur pasteur, qui leur avait raconté avec larmes, à la messe du dimanche, la vision des petits Pâtres, vinrent visiter ces lieux, et trouvèrent là, à côté de ces pierres sur lesquelles la Vierge s'était assise, une eau assez abondante et limpide qui coulait.

Depuis lors, elle n'a jamais tarie, et à certaines époques de sécheresse, où toutes les sources de la Montagne étaient à sec, la *Fontaine miraculeuse* a fourni l'eau nécessaire aux constructions, à cent ouvriers à la fois, aux bêtes de somme et au lavoir du Monastère.

C'est là, sans doute, ce qui a fait dire à quelques auteurs que la source augmentait ou diminuait avec le nombre des pèlerins, ce qui est loin d'être exact.

Jusqu'au 10 septembre de l'année suivante, elle resta dans son état primitif et naturel. Aucun travail n'y fut fait. Du tertre de gazon qui recouvrait le rocher, elle s'échappait par plusieurs filets qui venaient se réunir dans un bassin creusé par les bergers de la Montagne. De là, formant un petit ruisseau à travers le gazon, elle s'écoulait dans le torrent de la Sézia.

Cependant, les visiteurs devenaient de jour en jour plus nombreux : une foi simple les portait à cueillir l'herbe et à déraciner le gazon qu'ils emportaient avec respect. L'eau en était troublée, et il était difficile de puiser dans le bassin. On comprit que quelques travaux étaient nécessaires. Aussi, le 10 septembre, pendant qu'on faisait à la Montagne quelques préparatifs pour le premier anniversaire de l'Apparition, la source fut entourée d'une maçonnerie qui laissait couler l'eau par un tube de fer, et donna aux nombreux pèlerins du 19 septembre 1847 le moyen de satisfaire leur dévotion. Aujourd'hui, la source miraculeuse coule sous les pieds même de la statue de la Vierge qui pleure; elle est amenée par un conduit au bord de la grille qui environne les lieux de l'Apparition.

C'est là que les pèlerins viennent puiser. Plusieurs lavent avec cette eau bienfaisante leurs yeux ou leurs membres malades. Ceux qui arrivent trempés de sueur par la fatigue de la route en boivent à longs traits, et bien qu'elle soit d'une grande fraîcheur, il est inouï jusqu'à ce jour qu'elle ait fait mal à personne. Elle a répandu, au contraire, à travers le monde, les faveurs de Marie dont elle est l'intarissable symbole. Née en quelque sorte des larmes de la Vierge, elle porte partout ses bienfaits. En dépit de certains journaux qui avancent calomnieusement que cette eau est exploitée par un indigne trafic, l'accès de la fontaine n'est ni fermé ni gardé : on y peut donc à loisir faire ses provisions pour ses parents et ses connaissances; aussi n'y manque-t-on point. Les jours de grands concours, elle est durant presque toute la journée assiégée par la foule, qui se dispute le bonheur d'y puiser.

Il est bien vrai que tous ceux qui réclament quelques gouttes de cette eau salutaire ne peuvent venir eux-mêmes s'en pourvoir, et que les Missionnaires doivent en expédier non-seulement en France, mais en Asie, en Afrique, en Amérique et jusqu'en Océanie. Qui pourra trouver mauvais que les dépenses nécessitées par ces envois soient couvertes par les destinataires ?

C'est par l'usage de cette eau que se sont opérés la plupart des faits merveilleux dus à l'invocation de Notre-Dame de la Salette, soit sur la Montagne elle-même, soit dans l'univers. Or, qui pourrait compter les prodiges de la Vierge Réconciliatrice?

Trois ans et six mois après le 19 septembre 1846, M. l'abbé Perrin, frère de M. le Curé de la Salette qui desservait le Sanctuaire durant les premières années du Pèlerinage, écrivait dans les précieux manuscrits qu'il nous a laissés : « Nous pouvons, les pièces en mains, attester que plus de deux cent cinquante guérisons ont été obtenues par l'invocation de Notre-Dame Réconciliatrice de la Salette. »

Dans ses ouvrages sur l'Apparition, qui tous ont été écrits après de sérieuses recherches, et sont revêtus de l'approbation de Mgr l'Evêque de Grenoble, M. l'abbé Rousselot rapporte près de cinquante guérisons extraordinaires attestées par des témoins graves et consciencieux. Les archives du Pèlerinage possèdent quatre volumes de lettres qui, pour la plupart, rendent compte de faveurs signalées dues à la médiation de Notre-Dame Réconciliatrice. Les *Annales de la Salette* qui, depuis mai 1865, paraissent tous les mois avec l'approbation de Mgr l'Evêque de Grenoble, ont souvent à publier des faits de ce genre; et elles sont loin de reproduire tous ceux dont les relations arrivent au Pèlerinage de toutes les contrées de la terre (1).

---

(1) Le prix de l'abonnement d'un an, aux *Annales de Notre-Dame de la Salette*, est de 2 fr. On s'adresse par lettre affranchie *au R. P. Secrétaire de la Salette, par Corps (Isère)*.

Deux de ces guérisons ont été l'objet d'une enquête canonique et ont été jugées vraiment miraculeuses par les tribunaux ecclésiastiques desquels elles ressortissaient. Combien d'autres auraient soutenu victorieusement une semblable épreuve, si on les y avait soumises !

Tous les ouvrages écrits sur la Salette rapportent ces prodiges. Bornons-nous donc à en relater un dont nous avons été témoins.

C'est le 8 septembre 1873. A une heure, après le repas et la visite au saint Sacrement, les Pères Missionnaires se rendent ensemble vers la *Fontaine miraculeuse* pour y réciter une prière, comme cela se pratique chaque année tous les jours du mois de septembre. La foule les y a précédés. Elle entoure une infirme qui est venue demander à Marie ce que la science des hommes a été impuissante à lui donner. Cette infirme est une jeune fille de vingt-sept ans, nommée Thérèse Nicolas, d'une famille honorable de Châteaurenard (Bouches-du-Rhône).

Dans ses premières années, elle était d'une santé fort délicate ; elle vomissait souvent après ses repas jusqu'à l'âge de treize ans. De treize à dix-sept ans moins deux mois, elle alla bien. Mais, en 1864, un jour qu'elle voulait aller à la sainte Messe malgré le mauvais temps, elle dut marcher pendant dix minutes au milieu d'une neige abondante qui couvrait tous les chemins. Elle revint à la maison sans sentir aucune souffrance ; mais de temps en temps, pendant les trois premiers mois qui suivirent cette course à travers la neige, elle tombait facilement. Après le troisième mois, elle ne put plus marcher. Pour se tenir debout, elle avait besoin d'une main vigoureuse qui la soutint. Elle n'éprouvait cependant aucune souffrance ; mais ses pieds étaient sans force et d'une telle insensibilité qu'on pouvait les pincer jusqu'à les bleuir, ou les piquer profondément avec une épingle sans qu'elle s'en aperçût.

On consulta successivement MM. Bontoux, à Châteaurenard, et Béchet, à Avignon. Ce dernier la traita à l'homéopathie et lui conseilla de se servir de béquilles. M. Bontoux prescrivit l'emploi de la brosse électrique pour les reins dont elle souffrait, et l'usage de l'huile de foie de morue. M. Carre, d'Avignon, employa la machine électrique, les bains souffrés et autres remèdes, mais tout cela sans aucun succès; de sorte que la science médicale perdit tout espoir, et son dernier mot fut celui-ci : « Elle n'en mourra pas, mais cela peut durer vingt ou trente ans ; elle restera toujours dans le même état. » D'inutiles remèdes longtemps employés lassaient et la famille et la malade et les médecins ; aussi, quand ces derniers étaient mandés auprès de Thérèse, ne s'occupaient-ils nullement de ses jambes, dont la paralysie était regardée comme un fait accompli, et sur lequel il n'y avait pas lieu de revenir; ils ne cherchaient qu'à améliorer l'état de l'estomac de la jeune fille, qui avait des vomissements assez fréquents. A cela venaient s'ajouter des migraines et des palpitations de cœur telles, que lorsque dans la journée Thérèse avait reçu de nombreuses visites, elle ne pouvait reposer la nuit suivante.

Mais là encore, on dut se lasser d'user de remèdes inutiles, et depuis deux ans aucun médecin n'a visité la malade. Pendant les trois dernières années, les vomissements sont devenus moins fréquents; mais l'état des jambes ne s'est nullement amélioré. La jambe gauche surtout était incapable de tout mouvement jusqu'au genou. L'infirme ne pouvait la remuer qu'avec la main ou à l'aide de la jambe droite qui, tout en étant incapable de porter le poids du corps, avait conservé cependant une certaine force. Les doigts du pied gauche se repliaient sans force sur eux-mêmes, quand on mettait sa chaussure à la pauvre malade. C'est à peine si des vases remplis d'eau bouillante, qu'un autre n'aurait pu supporter, amenaient la chaleur dans ces membres engourdis et glacés. Mlle Nicolas était donc condamnée à une inamovibilité presque complète. Quand on l'avait placée à terre, elle pouvait, à l'aide du genou droit et des mains, se traîner dans son appartement, mais c'était tout; on devait la porter comme un enfant quand il fallait la sortir de son lit : aussi y passait-elle, depuis neuf ans environ, ses jours et ses nuits. En été, vers les quatre heures du soir, on la portait en dehors de la maison sur un canapé, afin de lui faire prendre un peu l'air.

En 1872, le samedi dans l'octave de la Fête-Dieu, on la conduisit au pèlerinage de Notre-Dame des Remèdes, chez les religieux Prémontrés; on avait eu soin de l'environner de coussins, en sorte qu'elle ne souffrit pas trop du voyage. Son confesseur lui dit donc à son retour : Puisque vous n'avez pas été fatiguée, l'année prochaine, il faudra aller à la Salette. Il fut en effet décidé qu'on ferait le pèlerinage de la Salette dans le cours de l'été 1873.

Le vendredi 5 septembre, Mlle Thérèse Nicolas, accompagnée de ses deux sœurs, était portée de la maison de sa mère à la route, pour y être placée sur l'omnibus de Châteaurenard à Barbantane.

Quelque temps après, ses sœurs l'étendaient dans un compartiment de troisième sur des couvertures et des coussins dont elles avaient eu soin de se munir. On arriva ainsi à Valence. Là, il fallait changer de train; et les sœurs de confier leurs bagages à des voisines complaisantes, pour se charger elles-mêmes de transporter l'infirme en présence de la foule circulant dans la gare et dans les environs. On arriva avec les mêmes circonstances à la gare de Grenoble; et là, comme à Valence, comme quelques instants plus tard sur la place Grenette, les passants s'arrêtent pour voir Mlle Thérèse Nicolas, le visage pâle et mélancolique, portée sur les bras de ses deux sœurs.

Le samedi, à six heures du matin, la petite caravane quitte Grenoble pour arriver à Corps vers les deux heures. On hisse la paralysée sur un mulet; on l'attache sur une selle anglaise à l'aide d'une couverture de laine doublée, et l'on tente ainsi l'ascension de la montagne. Le temps est mauvais, la pluie tombe tout le long du trajet, néanmoins on arrive sans autre accident, le 6 septembre.

Le lendemain, dimanche, les brouillards ne permettent pas de porter l'infirme sur les lieux de l'Apparition; on se contente de la porter à l'église pour y faire la sainte communion et y assister à tous les offices. Tous les pèlerins étaient touchés de la foi de cette jeune fille autant que de son état, et on suivait avec intérêt les deux sœurs apportant dans le Sanctuaire et emportant leur fardeau si cher. Mlle Thérèse Nicolas attendait avec confiance sa guérison par Marie, mais elle comptait l'obtenir le jour de la Nativité et au moment de la communion. Ce ne fut donc pas sans quelque tristesse qu'elle assista à la messe le 8, y communia et fit son action de grâces sans éprouver aucune amélioration dans son état. Elle ne perdit cependant point toute espérance.

Plusieurs pèlerines de Châteaurenard et de Lambesc s'étaient donné rendez-vous à la Montagne ce jour-là. Toutes étaient d'une foi ardente : elles connaissaient et aimaient l'infirme, à laquelle la souffrance et la piété ont concilié l'estime et la sympathie de tous ses compatriotes. M. le curé de Châteaurenard avait écrit le matin même à l'une d'elles : « *Si notre paralysée guérit, ce sera une vraie mission pour ma paroisse.* » Or, la personne même qui avait reçu la lettre de M. le Curé, après le repas, invite toutes les pèlerines à se réunir près de la Fontaine miraculeuse où on allait porter Mlle Nicolas. Et aussitôt, en effet, on se dirige vers les lieux de l'Apparition. On ôte à la paralysée sa chaussure, on l'assied sur une couverture de laine étendue sur le bord de la source, et on trempe ses pieds dans l'eau miraculeuse. Je ne sais quel frisson parcourt les âmes, on s'agenouille, on va prier. Les Missionnaires de *Notre-Dame de la Salette* étant arrivés à ce moment, le Révérend Père Supérieur récite à haute voix les litanies de *Notre-Dame de la Salette*. L'émotion avait saisi la foule, et agitait surtout le cœur de l'infirme qui sentit d'abord la fraîcheur de l'eau agir sur ses membres, puis une sorte de chaleur inaccoutumée, bien que les personnes qui lui frictionnaient les jambes les trouvassent comme glacées. Après la première récitation des litanies, elle avoue que son pied gauche semble s'affermir, et on répète encore une seconde, puis une troisième fois la même prière. L'infirme alors éprouve des vomissements. On lui offre de lui faire prendre quelque potion; elle ne veut que quelques verres d'eau de la Salette. On retire ensuite de l'eau, on frictionne ses jambes et on lui met sa chaussure. *Essayez de me lever*, dit-elle, et ses deux sœurs la relèvent. Elle aurait voulu qu'on ne la soutînt pas; mais on n'ose la lâcher, et on la conduit vers la grille qui environne les lieux de l'Apparition, entre la statue de la

15

Vierge en pleurs et celle de la Conversation. Là, elle saisit fortement les barreaux de la grille et se met à genoux, sentant que ses membres reprennent leur vigueur; on récite une quatrième fois les litanies. Quelle foi dans ces prières, quelle confiance en Marie! tous ceux qui sont là, en sont pénétrés; il semble qu'on ait un pressentiment que Dieu va faire un miracle. Quand on arrive à cette invocation : *Vous qu'on n'invoque jamais en vain,* répétée plusieurs fois, l'infirme, jusque-là émue vivement, sent un calme profond envahir son âme, et la force renaître dans son corps. *Je suis guérie,* dit-elle. Elle se lève sans le secours d'une main étrangère, embrasse ses sœurs et s'avance vers la statue de la Conversation. On crie au miracle, et un pèlerin entonne le *Magnificat.* Pendant que dure ce chant, Mlle Thérèse Nicolas se tient debout, les yeux tournés vers la statue de sa Bienfaitrice. On l'invite ensuite à marcher, et elle marche lentement, il est vrai, mais elle monte les escaliers qui conduisent sur le mamelon d'où la Vierge s'est élevée vers le Ciel. Elle n'est arrêtée que par les pèlerines qui se portent sur son passage pour l'embrasser, et l'inonder des larmes que leur font répandre la joie et l'émotion.

Mlle Thérèse seule est calme quand tous les pèlerins éclatent en transports de bonheur. Elle traverse la place qui est devant le Sanctuaire, elle joint ses mains, et lève les yeux au ciel dans l'attitude de la prière et de la reconnaissance. Les vêpres commencent aussitôt; elles sont chantées avec un enthousiasme inouï; le *Magnificat* surtout fournit aux pèlerins l'occasion de manifester leur élan et leur gratitude pour Marie. Durant les vêpres, Mlle Nicolas est au milieu de la grande nef, devant la table de communion. Elle suit seule et sans soutien toutes les cérémonies de l'office, se tenant tour à tour debout ou à genoux.

Après les vêpres et le récit de l'Apparition qui les suit immédiatement, l'heureuse protégée de *Notre-Dame de la Salette* fait elle-même le chemin de la croix sur les lieux de l'Apparition; les pèlerins y assistent pour la plupart. Le lendemain 9 septembre, elle se lève seule, ce qui depuis neuf ans ne lui est pas arrivé. Elle se promène ce jour-là même ; le lendemain, elle fait quelques courses autour du Sanctuaire, et le 11 elle descend de la Montagne parcourant à pied l'espace de cinq kilomètres.

Ce fait a été un véritable événement pour Châteaurenard et les environs. La presse locale s'en est émue.

L'*Union de Vaucluse* a porté à la *Démocratie du Midi* le défi d'expliquer cette guérison autrement que par l'intervention surnaturelle. La *Démocratie* n'a rien eu à répondre.

La population tout entière de Châteaurenard a parlé bien haut par les démonstrations enthousiastes de sa foi, au jour anniversaire de l'Apparition. La science médicale elle-même, a uni son témoignage à la voix populaire. De deux certificats délivrés par deux docteurs en médecine, nous nous contentons de reproduire quelques passages de celui qui est le plus explicite :

Témoignage de M. le docteur Bontoux de Châteaurenard. Dans le courant du mois de juillet de l'année 1864, je fus appelé par Mᵐᵉ Nicolas pour soigner une de ses filles, Mˡˡᵉ Thérèse. La malade, âgée de seize ans, me déclara que depuis le mois de mai précédent, elle ne pouvait en aucune façon faire mouvoir ses jambes. Cette impossibilité d'agir ne s'était pas déclarée subitement ; elle était venue peu à peu, à partir du mois de février de la même année, époque où elle avait vivement souffert du froid pour venir de la campagne à la ville, à travers la neige qui couvrait le sol. Les membres inférieurs étaient insensibles, les chairs flasques, la peau d'une pâleur excessive ; les mouvements que je lui imprimais ne produisaient aucune douleur. La moindre pression exercée à la région lombaire, sur les apophyses épineuses des dernières vertèbres, arrachait des cris à la jeune malade.

Je ne poursuivrai pas l'énumération des symptômes que j'observai et qui me firent diagnostiquer une myélite rhumatismale chronique (lombaire).

Du mois de juillet 1864 au mois d'avril 1865, j'ai, aidé par les conseils de mon père, combattu cette maladie par tous les moyens mis en usage dans de pareils cas ; et je dois à la vérité de déclarer que, tout en ayant vu s'améliorer l'état général, nous n'avons rien obtenu du côté de la paraplégie. De guerre lasse, toute médication fut abandonnée.

Neuf ans s'écoulèrent ainsi !

Je n'ai pas vu Mlle Thérèse depuis dix-huit mois ou deux ans, lorsque j'appris, il y a bientôt un mois, qu'elle avait recouvré tout à coup l'usage de ses membres inférieurs, sur la montagne de Notre-Dame de la Salette. Que s'est-il passé chez cette jeune personne, pour que la paraplégie, qui l'obsédait depuis neuf ans, ait cessé instantanément? La science ne saurait, à mon avis, donner une explication satisfaisante d'un fait aussi inouï !

Depuis trois semaines et même un mois, cette jeune personne ne peut tenir en place; elle ne fait que marcher. On dirait qu'elle veut réparer le temps perdu par ses jambes. Elle ne se plaint que de la plante des pieds. Elle se porte à merveille, et elle vient de descendre, aussi lestement que la personne qui l'accompagnait, l'escalier qui mène à mon cabinet, où elle est venue me faire constater son état.

Châteaurenard, le 7 octobre 1873.

Signé : BONTOUX (F.).

Un pèlerinage de Châteaurenard s'organisa au mois d'août 1874 en actions de grâces de cette guérison. Mlle Thérèse Nicolas y assistait, et offrit à Notre-Dame de la Salette une belle bannière sur laquelle elle est représentée en costume provençal, à genoux devant la sainte Vierge qui lui dit : « *Levez-vous et marchez.* » Durant ce pèlerinage, fut guérie instantanément, à la Fontaine miraculeuse, Mlle Appollonie Hermite, percluse des jambes depuis trois ans. Cette dernière guérison, opérée le 26 août, provoqua aussi l'année suivante, un pèlerinage de reconnaissance de la ville d'Aix, qu'habitait Mlle Appollonie Hermite.

Ce sont là quelques faits, entre mille autres non moins merveilleux, qu'a produits l'usage de l'eau miraculeuse.

On s'explique donc l'empressement des fidèles à aller prier auprès de cette source, et l'avidité sainte avec laquelle les pèlerins s'y désaltèrent; et on ne trouve pas exagérés, les élans enthousiastes d'un illustre Evêque (1), qui a chanté dans un écrit poétique, la *Fontaine miraculeuse* :

« Douce Fontaine de la Salette, gracieux autant qu'irréfutable témoin du passage de ma Mère; pour t'empêcher d'élever ton paisible murmure au-dessus de la plus grande voix des torrents et des abîmes, il eût fallu de nouveau refouler, de temps en temps au moins, tes intarissables ondes !

» Plus nombreux encore que ces fleurs sans nombre, qui tapissent tes alentours de leurs corolles azurées, furent déjà les pieds de ceux qui accoururent vers toi, pour y mêler leurs larmes à ses larmes, pour y baiser la trace des siens;... ne sont-ce pas ces ruisseaux sacrés qui

---

(1) Mgr Dupuch, ancien évêque d'Alger, dans son livre : *Venez avec moi à la Salette.*

n'ont cessé de t'alimenter jusqu'ici ? Puissent-ils y couler ainsi toujours, aussi pleins de charmes et de célestes grâces !

» L'écho de tes solitudes bénies répéta-t-il une seule fois, depuis qu'il eut redit ses maternelles paroles ; une seule coupable voix... et ce murmure si caressant de tes flots n'est-il pas désormais plus que l'image, l'unique écho de celui de leurs prières et de leurs chants?... Oh ! toujours, toujours, demeure ainsi unie aux cantiques du Ciel sur la terre !

» Nul de ceux qui se désaltèrent dans ton divin cristal, n'y but la mort avec l'erreur. Ah ! c'est trop le goût de la vérité, pour qu'aucun s'y puisse méprendre !

» Te souvient-il d'une autre de ces fugitives heures de ma vie, aussi vite entraînée, que tes eaux impatientes sur le déclin du Gargas, mais qui dure encore, qui durera toujours dans mon cœur ? Je te demandais alors, courbé sur tes fraîches eaux, dont les parfums m'enivraient comme je ne l'avais jamais été, pas même au jour de ma première Communion, pas même à celui de ma première messe, de mon sacre... pas même aux bords des citernes d'Hippone... Je te demandais si tu ne t'épanchais pas plutôt du Ciel que de ces terrestres collines, si ton souvenir ne m'y accompagnerait pas... »

Même après la poésie en prose de Mgr Dupuch, on ne lira pas sans intérêt les vers suivants sur le même sujet :

Fontaine au pur cristal, dis-moi, d'où vient ton onde
Et tes flots transparents si doux au voyageur ?
Dis-moi, qui t'a donné cette vertu féconde
Qui ramène partout la force, la vigueur ?...

Source jadis obscure, aujourd'hui glorieuse,
Quel beau jour t'a fait naître au sein de ce vallon ?
On te nomme en tous lieux *Source miraculeuse*,
Comment méritas-tu de porter un tel nom ?

« Du sein de la montagne, au milieu du silence,
» Un jour je m'échappai, faible petit ruisseau ;
» Le Ciel m'avait fait don d'une frêle existence,
      » Les Alpes d'un berceau.

» Alors je m'élançais, joyeuse, impatiente,
» Je rêvais, dans ma course, un avenir sans fin ;
» Mais bientôt je me vis, fontaine intermittente,
      » Aux flancs creux du ravin.

» Sur des sommets déserts, je n'avais plus de larmes
» Pour dire mes douleurs aux échos d'alentour ;
» Dans mon lit desséché, je n'offrais plus de charmes
      » Qu'au terrible vautour.

» Mais vint un jour béni, jour de douce allégresse,
» Qui tarit pour jamais mon amère tristesse ;
» C'était l'heure où l'Eglise en ses accents pieux,
» Honorait les douleurs de la Reine des Cieux.

» Le soleil éclairait la riante nature,
» Et les oiseaux chantaient dans leur nid de verdure ;
» Soudain je vis descendre en un globe de feu,
» Celle que l'univers nomme Mère de Dieu.

» Et des pleurs abondants inondaient son visage,
» De l'amour de son cœur ils étaient le langage.
» A cet aspect navrant, aussitôt je compris
» Que la Vierge annonçait le courroux de son Fils.

      » J'entendis sa voix suppliante
      » Parler aux deux petits enfants,
      » Exhaler sa plainte touchante
      » Par de doux et tendres accents.

» Et quand elle eut fini, cette Mère divine,
» Je la vis remonter dans les hauteurs des cieux ;
» Mais ses larmes avaient laissé sur la colline
      » Un souvenir délicieux.

» Dès lors, je n'étais plus la fontaine tarie
» Que l'on voyait naguère en ce triste séjour;
» Ces pleurs bénis avaient alimenté ma vie,
   » Et j'ai coulé depuis ce jour.

« Les nombreux pèlerins de la Montagne sainte,
» A ma source limpide accourent s'abreuver;
» Riche et pauvre à l'envi puisent ici sans crainte,
   » Heureux de s'y désaltérer (1). »

(1) *Une ancienne élève des Ursulines du Pont-de-Beauvoisin (Isère).*

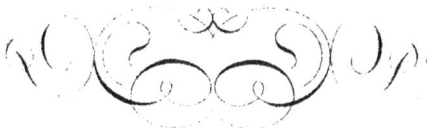

JUGEMENT DOCTRINAL DU FAIT DE LA SALETTE

L A voix des miracles avait parlé depuis longtemps, et son langage éloquent portait au loin la connaissance de l'Apparition. L'autorité ecclésiastique gardait toujours une prudente réserve et ne se prononçait point.

La paroisse de la Salette appartient au diocèse de Grenoble. Or, ce diocèse, qui honore Marie comme sa patronne, avait pour Evêque, au moment de l'Apparition, Mgr Philibert de Bruillard, vieillard vénérable, dont la sagesse égalait la piété. Consulté par un grand nombre de prêtres sur la conduite à tenir relativement au Fait de la Salette, Mgr de Bruillard adressa à son Clergé une circulaire, datée du 9 octobre 1846, dans laquelle il défendit, sous peine de suspense, de publier aucun miracle nouveau. Ce serait, en effet, mal servir les intérêts de la religion, que d'accréditer la croyance à un fait merveilleux, avant d'avoir étudié sérieusement sur quels fondements elle repose.

16

Cependant, le prélat recueillait, dès lors, des lettres nombreuses, des rapports circonstanciés sur l'Evénement du 19 septembre. Il écoutait les récits des pèlerins et faisait visiter la Montagne et interroger les témoins du prodige, non-seulement par les curés de la Salette et de Corps, mais encore par les ecclésiastiques les plus respectables des cantons limitrophes. Il chargeait des prêtres distingués de sa ville épiscopale de lui rendre compte, même par écrit, des impressions qu'ils rapporteraient des lieux soigneusement explorés. Trois mois ne s'étaient pas encore écoulés depuis l'Apparition, que déjà Mgr de Bruillard avait entre les mains, un volumineux dossier de pièces importantes relatives à ce Fait. C'est alors qu'il nomma, pour examiner ces pièces, deux commissions, chargées de donner un avis motivé sur l'Evénement de la Salette. L'une se composait des membres du Chapitre cathédral de Grenoble; l'autre, des Directeurs du Grand Séminaire. Leurs rapports, quoique rédigés séparément et sans aucune entente préalable, sont substantiellement identiques. Les deux Commissions y expriment le vœu qu'on ne décide encore rien, ni pour, ni contre l'Apparition; qu'on n'entrave point le concours des populations sur la Montagne, et qu'on étudie attentivement le Fait. Sept mois s'écoulent encore, et le Pèlerinage grandit; de nombreuses demandes, sollicitant une décision, arrivent de toutes parts à l'Evêché de Grenoble.

Par son ordonnance du 19 juillet 1847, Mgr de Bruillard nomme donc M. l'abbé Rousselot, chanoine et vicaire général honoraire, et M. l'abbé Orcel, supérieur du Grand Séminaire, commissaires délégués pour faire une enquête sur l'Evénement de la Salette. M. Rousselot et M. Orcel se mettent à la recherche de tous les documents se rattachant au Fait de l'Apparition; ils quittent Grenoble le 27 juillet 1847, parcourent neuf diocèses du midi de la France, et y recueillent les relations des grâces extraordinaires accordées à l'invocation de la Vierge apparue à la Salette. Le 25 août de la même année, ils se rendent sur les lieux du prodige, interrogent les enfants et plusieurs habitants de Corps et de la Salette, et dressent leur rapport en conséquence.

Ce rapport est lu et discuté devant une Commission, présidée par Monseigneur lui-même, et composée des deux Vicaires généraux titulaires, des huit Chanoines de la Cathédrale, du Supérieur du Grand Séminaire, et des Curés des cinq paroisses de la ville épiscopale. Du 8 novembre 1847 au 13 décembre suivant, cette nouvelle Commission tient, à l'Evêché, huit séances, à la suite desquelles, Mgr l'Evêque de Grenoble et la grande majorité des membres de la Commission restent convaincus de la vérité de l'Apparition du 19 septembre. Les formalités prescrites par les saints canons étant remplies, Mgr de Bruillard avait dès lors le droit de porter sur l'Apparition un jugement doctrinal.

Un décret du Concile de Trente attribue, en effet, aux Evêques le pouvoir d'*approuver et de publier* les miracles nouveaux qui s'opèrent dans leur diocèse; et le Concile de Latran leur reconnaît, dans certains cas, le droit de publier, après examen, une révélation nouvelle.

Mgr de Bruillard attendit cependant quatre ans encore. Enfin, cédant aux vœux de son Clergé, il fit paraître le remarquable Mandement, dans lequel il déclare l'Apparition du 19 septembre, *indubitable et certaine*, et autorise le culte de Notre-Dame de la Salette.

La marche à suivre dans cet acte important avait été tracée à Mgr de Bruillard par un de ses illustres Collègues dans l'épiscopat, Mgr Villecourt, évêque de la Rochelle, le premier Evêque qui ait visité la Salette, dès 1847. Mgr Villecourt est devenu depuis, on le sait, Cardinal de la sainte Eglise romaine.

Nous devons ici citer au moins quelques passages du jugement doctrinal porté sur l'Apparition par l'autorité ecclésiastique :

« Nous appuyant sur les principes enseignés par le Pape Benoît XIV, et suivant la marche tracée par lui dans son immortel ouvrage *De la Béatification et de la Canonisation des Saints ;*

» Vu la relation écrite par M. l'abbé Rousselot, l'un de nos vicaires généraux, et imprimée sous ce titre : *La Vérité sur l'Evénement de la Salette ;*...

» Ouï les discussions en sens divers, qui ont eu lieu devant nous sur cette affaire, dans les séances des 8, 15, 16, 17, 22 et 29 novembre, 6 et 13 décembre 1847 ;

» Vu pareillement ou entendu ce qui a été dit ou écrit depuis cette époque, pour ou contre l'Evénement ;

» Considérant, en premier lieu, l'impossibilité où nous sommes d'expliquer le Fait de la Salette autrement que par l'intervention divine, de quelque manière que nous l'envisagions, soit en lui-même, soit dans ses circonstances, soit dans son but essentiellement religieux ;

» Considérant, en second lieu, que les suites merveilleuses du Fait de la Salette sont le témoignage de Dieu lui-même se manifestant par des miracles, et que ce témoignage est supérieur à celui des hommes et à leurs objections ;

» Considérant que ces deux motifs, pris séparément, et à plus forte raison réunis, doivent dominer toute la question et enlever toute espèce de valeur à des prétentions ou suppositions contraires, dont nous déclarons avoir une parfaite connaissance ;

» Considérant, enfin, que la docilité et la soumission aux avertissements du Ciel peut nous préserver des nouveaux châtiments dont nous sommes menacés, tandis qu'une résistance trop prolongée peut nous exposer à des maux sans remède ;

» Sur la demande expresse de tous les membres de notre vénérable Chapitre et de la très-grande majorité des prêtres de notre diocèse ;

» Pour satisfaire aussi la juste attente d'un si grand nombre d'âmes pieuses, tant de notre patrie que de l'étranger, qui pourraient finir par nous reprocher de retenir la vérité captive ;

» L'Esprit-Saint et l'assistance de la Vierge Immaculée de nouveau invoqués, Nous déclarons ce qui suit :

» ART. 1ᵉʳ. — Nous jugeons que l'Apparition de la sainte Vierge à deux Bergers, le 19 septembre 1846, sur une Montagne de la chaîne des Alpes, située dans la paroisse de la Salette, de l'archiprêtré de Corps, porte en elle-même tous les caractères de la vérité et que les fidèles sont fondés à la croire indubitable et certaine.

» ART. 2ᵉ. — Nous croyons que ce Fait acquiert un nouveau degré de certitude, par le concours immense et spontané des fidèles sur le lieu de l'Apparition, ainsi que par la multitude des prodiges qui ont été la suite dudit Evénement, et dont il est impossible de révoquer en doute un très-grand nombre, sans violer les règles du témoignage humain.

» ART. 3ᵉ. — C'est pourquoi, pour témoigner à Dieu et à la glorieuse Vierge Marie notre vive reconnaissance, nous autorisons le culte de Notre-Dame de la Salette, nous permettons de le prêcher et de tirer les conséquences pratiques et morales qui ressortent de ce grand Evénement.

. . . .

» Donné à Grenoble, le 19 septembre 1851.

» † PHILIBERT, *Evêque de Grenoble.* »

L'Apparition est donc désormais un fait jugé par le tribunal ecclésiastique, dans le ressort duquel elle a eu lieu.

Comme on l'a remarqué, le Mandement autorisant le culte de Notre-Dame de la Salette porte la date du 19 septembre 1851. Ce n'est, néanmoins, que le 16 novembre suivant qu'il fut lu dans les six cents églises ou chapelles du diocèse, à la grande joie de la presque totalité du clergé. Avant de le publier, Mgr de Bruillard avait voulu le soumettre au jugement du cardinal Lambruschini, préfet de la Congrégation des Rites. Son Eminence ayant indiqué quelques légères modifications, Monseigneur s'empressa de suivre ses conseils. Le jugement doctrinal sur le Fait de la Salette fut accueilli avec bonheur par les nombreux fidèles qui, par toute la France et dans le monde, croyaient déjà à l'Apparition de la Mère de Dieu. Avec l'autorisation de la censure pontificale, le Mandement du 19 septembre 1851 fut publié à Rome dans divers journaux, et un grand nombre d'évêques donnèrent leur adhésion au jugement de Mgr de Bruillard, les uns d'une manière publique, les autres dans des lettres privées.

Autorisé par Mgr l'Evêque de Grenoble, le culte de Notre-Dame de la Salette a été béni par l'immortel Pie IX, qui était depuis quelques mois seulement, assis sur le Siége de saint Pierre quand eut lieu l'Apparition. Il semble qu'en se montrant alors inondée de pleurs et environnée de gloire, la Vierge ait voulu présager à cet auguste Pontife toutes les douleurs et tous les triomphes de son règne. C'est peu après la publication du jugement doctrinal de Mgr l'Evêque de Grenoble, que Sa Sainteté se plut à répandre des trésors spirituels, sur les pèlerins, les Missionnaires de Notre-Dame de la Salette et sur les membres de la Confrérie établie sous son vocable.

Un rescrit du 24 août 1852 déclare privilégié, à perpétuité, le maître-autel du Sanctuaire de la Salette. Un autre rescrit, du 26 du même mois, permet à tous les prêtres qui vont à la Salette de dire la messe votive de la sainte Vierge tous les jours, excepté les grandes fêtes et les féries privilégiées.

Par un bref daté du même jour, Sa Sainteté accorde, entre autres faveurs, aux membres de la Confrérie de Notre-Dame de la Salette une indulgence plénière : 1º à leur entrée dans l'Association; 2º à l'article de la mort; 3º une fois chaque année, le jour de la fête principale de la Confrérie. Cette Association, que la bénédiction du Saint-Père a fécondée, remonte au commencement du Pèlerinage. M. Louis Perrin qui, quelques jours après l'Apparition, succéda comme curé de la Salette à M. Jacques Perrin, sentit bientôt le besoin d'enrôler ses paroissiens sous la bannière de la Vierge descendue sur l'une de leurs montagnes, pour réconcilier les pécheurs avec son divin Fils. Avec l'autorisation de Mgr l'Evêque, il ouvrit, /dans le cours du mois de mai 1848, un registre où les habitants de la Salette s'empressèrent de faire inscrire leurs noms, protestant par cette démarche qu'ils voulaient être dociles aux enseignements de la divine Messagère. De nombreux pèlerins, dès qu'ils eurent connaissance de cette Association, voulurent en faire partie; de sorte qu'après quinze mois d'existence, la Confrérie de Notre-Dame Réconciliatrice de la Salette comptait seize mille associés.

Un bref du Souverain Pontife, daté du 7 septembre 1852, l'érigea en Archiconfrérie, et lui conféra la faculté de communiquer les priviléges dont elle est enrichie, aux autres associations qui se formeraient dans le monde sous le même vocable. En 1877, le nombre des Confréries affiliées à l'Archiconfrérie de Notre-Dame de la Salette s'élève à plus de cinq cents, répandues par tout l'univers, et surtout en France, en Italie, en Belgique, en Espagne, en Hollande et en Angleterre. Les fidèles qui en font partie sont innombrables.

Par un bref, daté du 3 septembre 1852, le Saint-Père accorde une indulgence plénière à tous ceux qui visitent le Sanctuaire du Pèlerinage.

Nous ne mentionnerons pas toutes les autres faveurs spirituelles par lesquelles le Souverain

Pontife a encouragé la dévotion à Marie apparue sur une montagne des Alpes; mais nous ne pouvons passer sous silence l'indult du 2 décembre 1852. Par cet acte remarquable, Sa Sainteté Pie IX, sur la demande de Mgr l'Évêque de Grenoble, permet de solenniser chaque année l'anniversaire de l'Apparition *(ipso Apparitionis die)*, le 19 septembre ou le dimanche suivant, dans toutes les églises du diocèse, par une messe solennelle et le chant des vêpres en l'honneur de la sainte Vierge.

Le même indult autorise tous les prêtres du diocèse de Grenoble à honorer la mémoire de cette Apparition, *memoriam hujus Apparitionis recolere*, par la récitation de l'office et la célébration de la messe du patronage de la sainte Vierge.

On sait, de plus, que depuis le 6 août 1867, le culte de Notre-Dame de la Salette est établi publiquement à Rome. Avec l'autorisation de Son Eminence le cardinal Patrizi, alors vicaire de Sa Sainteté, un tableau représentant l'Apparition a été exposé à la vénération des fidèles, dans l'église du Saint-Sauveur *in thermis;* et dans la même église, la Confrérie de Notre-Dame Réconciliatrice a été érigée et enrichie de nombreuses indulgences le 16 octobre 1870.

CONTRADICTIONS

U NE œuvre que l'autorité ecclésiastique bénit et que Dieu a marquée du sceau des prodiges n'est point pour cela à l'abri des contradictions. La vérité n'a jamais pu se faire jour qu'en dissipant les nuages de l'erreur. Pour combattre l'Apparition de la Salette, on vit d'abord entrer en lice ces journaux que le surnaturel irrite, et qui ne reculent devant l'emploi d'aucun moyen pour faire la guerre aux miracles.

Le *National*, le *Censeur de Lyon*, le *Patriote des Alpes*, le *Siècle* s'efforcèrent à l'envi d'étouffer le retentissement d'un fait, qu'ils appelaient une imposture.

Ennemis irréconciliables du culte de la sainte Vierge, les protestants se mirent aussi de la partie. Enfin, le miracle du 19 septembre trouva des adversaires jusques parmi les catholiques et même dans les rangs du Clergé. Sur ce sujet, contentons-nous de dire que quelques ecclésiastiques réunirent toutes les objections soulevées contre l'Apparition, dans un écrit intitulé : *Mémoire au Pape*, dont ils envoyèrent le manuscrit au Souverain Pontife, et qu'ils livrèrent *en même temps* à l'impression et à la publicité.

« Douloureusement étonné de cette injure qui était faite au Saint-Siége, écrit à ce sujet
» M⁰ʳ Ginoulhiac, alors évêque de Grenoble (1), nous nous empressâmes d'adresser à Notre
» Saint Père le Pape avec l'expression de notre douleur, une protestation contre cette publi-
» cation même, et nous suppliâmes Sa Sainteté de tracer la règle de conduite que nous avions
» à suivre dans une circonstance qui nous paraissait aussi grave que délicate.

» Dans la réponse que le Souverain Pontife a daigné nous adresser, après nous avoir raconté
» qu'il avait reçu d'abord un Mémoire anonyme sur l'affaire de la Salette, et puis le même
» Mémoire imprimé, il flétrit cette publication en des termes que la bonté paternelle qui le
» caractérise a, sans doute, voulu encore adoucir.

» Lorsque nous avons reconnu, dit le Saint-Père, que l'opuscule imprimé n'était autre que

(1) Le *Mémoire au Pape* parut en 1854. A la fin de l'année 1852, M⁰ʳ de Bruillard, auquel un âge fort avancé faisait trouver plus lourd encore le fardeau de l'épiscopat, avait offert sa démission et s'était retiré dans la solitude de Montfleury, près Grenoble, pour y terminer dans la retraite sa longue carrière remplie de mérites. L'illustre auteur de l'*Histoire du Dogme catholique*, M⁰ʳ Ginoulhiac, lui succéda sur le siége de saint Hugues. Préconisé évêque de Grenoble le 7 mars 1853, il fit, le 7 du mois de mai suivant, son entrée dans sa ville épiscopale.

» le manuscrit qui nous avait été adressé, nous n'avons pu ne pas nous étonner de cette
» manière d'agir d'hommes inconnus qui, au mépris des principes mêmes de la politesse la
» plus vulgaire, pour ne rien dire de plus, ont certainement prétendu nous susciter des
» embarras par la publication anonyme de cet écrit...

» Abordant ensuite successivement la question du Fait (de la Salette) et celle de la Dévotion,
» le Saint-Père ajoute : Quant au Fait, qui a été publié en tant de manières et qui a été
» reconnu par l'Evêque, votre prédécesseur, sur des preuves et des documents que vous avez
» certainement en main, rien ne s'oppose, dès que vous le trouverez à propos, à ce que
» vous puissiez l'examiner de nouveau et le démontrer publiquement.

» Quant à la dévotion, le Souverain Pontife nous exhorte à prendre garde en toutes manières
» que la dévotion et la piété filiale envers la Reine du Ciel qui fleurit si heureusement dans
» notre diocèse, s'y maintienne et prenne de jour en jour de nouveaux accroissements. Puis
» il ajoute ces paroles remarquables : Et, s'il en est besoin, c'est un devoir de votre charge
» et de votre sollicitude pastorale d'informer votre troupeau des périls qui environnent cette
» même dévotion et de le prémunir contre eux.

» En présence de ces graves avertissements du Chef suprème de l'Eglise, n'est-il pas évident
» que nous devons nous expliquer sur ce Mémoire... et il nous sera malheureusement facile
» de vous y faire remarquer des réticences graves et réfléchies, des assertions hasardées, ou

» même certainement fausses, des allégations sans fondement... enfin, des insinuations
» insidieuses quand elles ne sont pas ouvertement malveillantes. »

Dans son Mandement du 4 novembre 1854, d'où nous avons extrait le passage que nous
venons de citer, Mᵍʳ Ginoulhiac réfute avec une force et une précision de logique remarquables
toutes les objections contenues dans le *Mémoire au Pape,* et il « condamne la publication de
» cet écrit comme étant injurieuse au Saint-Siége et ayant été faite sans autorisation, contrai-
» rement aux canons, aux décrets du Concile de Lyon et aux statuts de son diocèse. Il
» condamne de plus le livre en lui-même comme contenant des allégations ou imputations
» injurieuses pour son vénérable prédécesseur et pour des prêtres respectables de son diocèse,
» et, en outre, des assertions au moins irrespectueuses à l'égard d'une dévotion qui y est
» légitimement établie et autorisée. »

Avant l'année 1853, les contradicteurs de la Salette soutinrent que les deux Enfants n'avaient
rien vu sur la Montagne, que Maximin s'était rétracté à Ars.

Ce fut vers la fin de septembre 1850, que Maximin eut une entrevue avec le vénérable
M. Vianney, curé d'Ars. Il a toujours assuré avec fermeté ne s'y être jamais démenti. Et si
par on ne sait quel malentendu M. Vianney conçut, à la suite de cet entretien, quelques
doutes sur l'Apparition, il est certain que depuis il y a cru sincèrement. Il a eu recours à

Notre-Dame de la Salette; il a encouragé les âmes à l'invoquer avec confiance, et il a obtenu aussi par son intercession des grâces extraordinaires, comme on s'en convaincra en lisant son histoire. En sorte que les hésitations de quelques jours de ce prêtre vénérable, faisant place à une ferme conviction, confirment au lieu d'infirmer, le Fait de la Salette.

Plus de six ans après l'Apparition, un des adversaires du Miracle adopta un nouveau plan de campagne, sans prendre garde qu'il renversait tout l'échafaudage des suppositions précédemment entassées. Il imagina de mettre en scène Mlle de Lamerlière, et de lui prêter le rôle de la Belle Dame, apparue aux deux Bergers. Cette fable, à laquelle personne ne croyait moins que ceux qui l'avaient inventée, trouva place néanmoins dans les écrits des contradicteurs du Fait de la Salette, et même dans le *Mémoire au Pape*.

Née d'une famille honorable, près de Saint-Marcellin (Isère), Mlle de Lamerlière était alors d'un âge assez avancé. Elle avait consacré sa vie aux bonnes œuvres. Par intervalles cependant, elle avait manifesté certaines excentricités qui lui avaient attiré la risée du public, avec la réputation d'esprit faible. Ne pouvant supporter l'imputation calomnieuse dont on la chargeait, le 8 octobre 1854, elle assigna en diffamation devant le tribunal civil de Grenoble, deux des principaux contradicteurs du Fait de la Salette, leur demandant 20,000 fr. de dommages-intérêts.

L'affaire est introduite à l'audience du 25 août 1855. Mlle de Lamerlière est déboutée de sa demande. Elle interjette appel de ce jugement, et, le 27 avril 1857, l'affaire est présentée devant la Cour impériale de Grenoble, qui n'accorde pas non plus à Mlle de Lamerlière les dommages-intérêts qu'elle réclame.

Il est à remarquer que le Fait de la Salette était en dehors du procès et de la sentence (1). Les adversaires de l'Apparition avaient-ils eu l'intention de nuire à Mlle de Lamerlière; lui avaient-ils nui réellement? ou bien la réputation de Mlle de Lamerlière, qui déjà passait pour avoir quelques travers d'imagination et d'esprit, n'avait-elle souffert aucun détriment; pour tout dire, en un mot, l'imputation que faisaient peser sur elle les écrits des contradicteurs de l'Evénement du 19 septembre 1846, avait-elle les caractères d'une diffamation dans le sens des lois? C'est là-dessus seulement que l'un et l'autre tribunal avaient à prononcer. Le jugement déclare qu'il n'y a pas eu diffamation légale, et que, par conséquent, Mlle de Lamerlière n'a pas le droit de revendiquer 20,000 fr. de dommages-intérêts. C'est tout. Les adversaires de la Salette semblent néanmoins triompher; et quelques croyants mal informés s'alarment.

(1) Le texte de l'arrêt de la cour l'exprime clairement. En voici les premières paroles : « *Attendu que la cour n'a à statuer que sur le point de savoir si Mlle de Lamerlière est fondée dans sa demande en dommages-intérêts qu'elle a formée, etc...* »

C'est dans ces circonstances que Mgr Ginoulhiac écrit à un ecclésiastique la remarquable lettre qu'on va lire et qu'ont reproduite divers journaux :

MONSIEUR LE CURÉ,

Tranquillisez-vous et tranquillisez vos paroissiens. Personne ici, ni parmi les magistrats qui ont prononcé l'arrêt récent dont on a fait tant de bruit, ni parmi les gens sensés, ne croit que c'est Mlle de Lamerlière qui a fait l'Apparition. Il y a eu preuve évidente dans le cours des débats, qu'il y avait impossibilité physique que cette personne eût joué ce rôle; et, en fait, qu'elle était le 19 septembre 1846, à Saint-Marcellin, c'est-à-dire à trente lieues de la Salette (1). Et cependant dans ces débats on n'a pas tout dit. Je me charge de le faire moi-même pour en finir avec tous ces mensonges qui ici ne trompent que des sots, mais qui ailleurs peuvent surprendre des gens de bonne foi.

Vous pouvez dire hautement, Monsieur le Curé, comme le tenant de moi, que la fable Lamerlière est la fable la plus stupide, la plus grossière et la plus ouvertement démentie par

(1) C'est en effet ce qu'établit clairement, dans son brillant plaidoyer, M. Jules Favre, avocat de Mlle de Lamerlière. Et M. Alméras-Latour, avocat général, dit dans son réquisitoire : *Il est évident que Mlle de Lamerlière n'est pas allée à la Salette..... Son alibi est devenu incontestable.*

des faits certains, que des hommes haineux et de mauvaise foi aient pu imaginer, et qu'avoir recouru à cette supposition pour porter atteinte au Fait de l'Apparition de la sainte Vierge sur la Montagne de la Salette, c'est montrer qu'il n'y a aucune supposition raisonnable qu'on puisse opposer au miracle, et c'est par là même le confirmer.

MARIE-ACHILLE, *Evêque de Grenoble.*

Cette lettre répondait longtemps d'avance à certains publicistes qui de nos jours ne rougissent pas d'attribuer à Mlle de Lamerlière l'Apparition de la Salette et d'en donner pour preuve le jugement de la cour de Grenoble. Cette vieille fable qu'ils n'ont pas su eux-mêmes inventer, revient souvent sous leur plume. Quand donc donneront-ils à leurs mensonges au moins le mérite de la nouveauté ?

LE PÈLERINAGE

ES nombreuses contradictions que subit le Fait de la Salette, le zèle et l'autorité de plus de cent auteurs, évêques, prêtres ou laïques instruits, qui se sont constitués les historiens et les apologistes de l'Apparition, en faisant connaître par toute la terre ce Fait merveilleux , multiplièrent le nombre des croyants ; et les foules se portèrent avec empressement vers la sainte Montagne.

Dès le 27 novembre 1846, quinze cents personnes se trouvent réunies sur les lieux du Miracle. Elles viennent de Corps et des paroisses voisines. Un temps affreux, la neige qui tombe à gros flocons, rien n'a pu les arrêter. Pendant plus d'une heure, elles stationnent sur la Montagne, priant et chantant les louanges de Marie. Dès le printemps suivant, avant même que les neiges aient disparu, on voit accourir de loin des hommes de tout rang et de tout pays ; et ce concours continue durant toute la belle saison.

Le premier anniversaire de l'Apparition approche. Dès la veille, malgré le froid, la pluie et les brouillards, près de quinze cents personnes gravissent la Montagne et y passent la nuit, exposées à toutes les injures de l'air. A une heure après minuit, une immense procession se met en route; elle couvre, pendant presque toute la journée, les neuf kilomètres qui séparent Corps du plateau de l'Apparition, et verse d'heure en heure, sur ces sommets vénérés, des milliers de pèlerins. Bientôt, cinquante mille visiteurs, parmi lesquels on compte deux cent-cinquante prêtres, couvrent la Montagne. Et dans cette foule immense, pas le moindre désordre. Les gendarmes ont suivi la multitude; mais ils n'ont d'autre office à remplir que d'ouvrir un passage à ceux qui veulent aborder la sainte Table. On n'entend que des chants d'amour à la Reine du Ciel.

Après cela, serait-on surpris d'apprendre que, durant cette première année, le nombre des pèlerins se soit élevé à cent mille? Dans sa lettre, datée du 11 juin 1848, Mgr Dupanloup porte à plus de deux cent mille le nombre des visiteurs qui, avant lui, avaient interrogé les témoins ou les lieux de l'Apparition.

Depuis lors, ce concours a pu être ralenti, à certaines époques, par les perturbations politiques, il n'a jamais été interrompu. Dans les vingt-quatre années qui ont suivi le 19 septembre 1846, la Salette a reçu plus d'un million de visiteurs. A peine le soleil du printemps a-t-il diminué les monceaux de neige qui couvrent la Montagne pendant plus de six mois, que les pèlerins viennent vénérer cette terre sanctifiée par la présence de la Reine du Ciel ; et ils se succèdent sans interruption jusqu'à ce que le retour de l'hiver rende de nouveau ces hauteurs presque inaccessibles. Aucun intérêt terrestre n'attire dans ce désert. Dans les environs de la Salette, point de villes d'eaux, point de cité fameuse par son commerce ou la magnificence de ses monuments.

Il a fallu nécessairement, jusqu'en 1877, faire en voiture les soixante-trois kilomètres qui séparent Grenoble de Corps. Le chemin de fer, qui aujourd'hui peut transporter les pèlerins jusqu'à Vizille, n'abrège guère ce trajet qu'on ne peut parcourir qu'en sept longues heures. Jusqu'en 1853, on ne trouve sur la Montagne que quelques pauvres cabanes, et une chapelle en planches. N'importe ; les pèlerins accourent. Parmi eux, il en est qui ont fait à pied plusieurs centaines de lieues, avant d'arriver à Corps. Un plus grand nombre, après avoir voyagé jusque-là plus commodément, se condamnent à faire à pied la pénible ascension de Corps au Pèlerinage. Tous, en se rencontrant aux pieds de Marie, semblent se reconnaître. Ils viennent cependant des contrées les plus diverses de mœurs et de langage ; car il n'est pas une des cinq parties du monde, qui n'envoie des députés à la Vierge de la Salette. Ils appartiennent à toutes les conditions et à tous les rangs de la société ; néanmoins, *il semble qu'on soit de la même famille,* disait le journaliste dont nous allons raconter la conversion. « J'ai assisté cent fois, ajoutait-il, à des réunions nombreuses,... à des fêtes nationales, à des concours, je n'ai jamais remarqué ni senti que tous ces hommes fussent unis par un lien commun. Chacun y pense, y vit pour son compte. Ici, c'est une politesse amie et facile. Le pauvre et le riche disparaissent ; le prêtre et le fidèle sont de vieilles connaissances. » Point de sourire railleur pour intimider une âme faible. L'indifférent qui aurait gravi ces hauteurs par complaisance pour un ami ou un parent, ne peut se défendre de l'émotion qui le pénètre malgré lui. Mais, écoutons notre journaliste, à la façon du *Siècle,* raconter les émotions et les fruits de salut de son pèlerinage. Il s'adresse au prêtre dont il avait servi la messe sur la sainte Montagne.

« Vous voyez, dit-il, devant vous un vieux pécheur, un converti de la Salette, et je fais pénitence en servant la messe... Voici comment je suis ici... Ayant souvent l'occasion d'insérer dans les colonnes de mon journal des articles relatifs au Miracle récent de la Salette, je résolus, il y a trois ans, de pousser jusqu'ici mes courses de vacances, non pas pour m'édifier ni pour défendre la vérité, je ne supposais pas qu'il y eût vérité... Arrivé ici, je n'y rencontrai ni superstition, ni cupidité, ni ruse, pas même cette habileté qu'on met aujourd'hui partout, et au lieu d'y trouver des armes contre les adversaires, je me sentis désarmé moi-même. Je partis fort pensif... Croiriez-vous que toute cette année, je ne pus me défaire de cette pensée de la Salette ? Cela me revenait toujours et me troublait. Enfin, je pris un jour la résolution d'y retourner secrètement, pour l'acquit de ma conscience, et de voir sérieusement, sans prévention, ce qu'il en était. Je tins parole, et j'y passai plusieurs jours... J'assistai à plusieurs exercices et j'y priai Dieu, je fus touché, très-ébranlé; mais pas encore converti. Comment faire? Comment dire que je désertais mes opinions avancées sur certains points, pour me faire précisément une conquête de la Salette?

» Je m'en revins plus troublé que la première fois... Tout ce que j'avais lu dans saint Augustin me revenait en mémoire, et je voyais avec effroi, qu'il en était ainsi de moi, que je croyais plus que je ne voulais croire, et surtout plus que je ne voulais faire. Fatigué de cette lutte, dans un de ces moments que Dieu ménage à notre faiblesse, je pris de nouveau la réso-lution de venir une troisième fois sur cette terre, et d'en sortir vainqueur ou vaincu, chrétien pratiquant ou, comme autrefois, franchement opposé; pas de demi-mesures, pas de ligne oblique, droit au but.

» Dès lors, je fus tranquille; mais cette résolution prise, je sentis déjà que je penchais d'un côté beaucoup plus que de l'autre; et, comme j'avais du temps devant moi, je me disais : S'il le faut, je le ferai! Je suis revenu, j'y ai fait une retraite, mon confesseur m'a jugé digne d'être admis à la sainte Communion, toutes mes perplexités se sont évanouies. Je sens mes fautes et ma faiblesse, et comme j'ai donné l'exemple à ma famille et à mes amis de l'indiffé-rence et de la lâcheté en religion, je suis résolu de me poser franchement en arrivant. D'ailleurs, cela devient une nécessité depuis deux ans, on sent autour de moi que je ne suis plus le même, et je ne veux pas rester dans un demi-jour. J'apprends à servir la messe, parce qu'au besoin je veux faire comme des hommes que je respecte et que j'estime, montrer à tous qu'étant chrétien je n'en rougis pas; c'est tout à la fois une pénitence et une justice (1). »

Ce récit n'est que le tableau des sentiments qui remuent les cœurs à la Salette, et des impressions fortes qu'on y puise.

Il n'est rien, en effet, dans cette solitude qui n'élève l'âme et ne la transporte loin de la terre dans le sein de Dieu. Aussi que d'ardentes prières, que de larmes ont été répandues; que d'aspirations généreuses et de nobles dévouements ont germé dans ces lieux! Que d'âmes y ont été régénérées par le repentir! Jamais les lampes qui brûlent jour et nuit dans le Sanctuaire ne veillent seules devant le tabernacle; il y a toujours des âmes ferventes devant le Dieu de l'Eucharistie. Durant la belle saison, on ne saurait descendre dans le ravin où coule la Fontaine miraculeuse, sans rencontrer des pèlerins priant devant la Vierge en pleurs, ou faisant le chemin de la croix sur les lieux de l'Apparition. Les larmes versées là sont plus douces que tous les plaisirs de la terre. Si nous interrogeons l'album où les pèlerins peuvent écrire leurs impressions, nous n'y trouverons, sous des expressions diverses, que ces mêmes senti-

(1) Voir *Les Sanctuaires de Marie*, par l'abbé Boisnard.

ments : Heureux ceux qui habitent dans votre maison, ô Marie ! Un seul jour passé dans votre Sanctuaire vaut mieux que mille passés dans les joies du monde.

Les solennités religieuses, et surtout les fêtes de la sainte Vierge, amènent toujours un concours extraordinaire sur la Montagne. Il n'est pas rare alors de voir les paroisses environnantes se rendre en procession au Pèlerinage. Le 8 septembre 1854, on a vu, réunies dans le Sanctuaire, jusqu'à quatorze paroisses, avec leurs pasteurs, leurs congrégations de jeunes filles et leurs confréries de pénitents. Il en est qui, après avoir passé en marche la nuit entière, n'arrivent au Pèlerinage qu'à une heure avancée de la matinée. N'importe, le pasteur célébrera la messe, et un bon nombre de ses ouailles, encore à jeûn, feront la communion dans le Sanctuaire de Marie.

Le 19 septembre est la grande fête de la Montagne. En ce jour, le Sanctuaire, trop étroit, ne peut contenir les pèlerins qui encombrent le plateau et les lieux de l'Apparition. Dès la veille, la foule se presse autour de vingt-quatre à trente confessionnaux. Les hommes ne sont pas les moins empressés de s'agenouiller aux pieds du prêtre pour y déposer l'aveu de leurs fautes. Avant minuit, à la lueur des flambeaux, on fait solennellement le chemin de la croix sur les lieux de l'Apparition. Les messes commencent aussitôt après, et se succèdent sans interruption, quelquefois jusqu'à midi, et sur huit autels à la fois. Pendant toute la matinée, la Table sainte est assiégée par les fidèles, avides de se nourrir du Pain des Anges.

A neuf heures et demie, une procession de plusieurs milliers de pèlerins quitte le Sanctuaire, enlace la montagne du Planeau, dans ses files pressées, et vient serpenter sur le versant du Gargas, au-dessus des lieux de l'Apparition; les hommes y assistent en grand nombre et sans respect humain.

De flamboyantes bannières, offertes à Notre-Dame de la Salette par les principales villes de France, par des associations catholiques, ou par des particuliers comme hommage de reconnaissance à Marie, servent d'étendards à ces armées pacifiques de pèlerins, dont les chants se mêlent et les cœurs se confondent dans le même amour de la Vierge.

Parmi ces nombreuses bannières, vous remarquerez sans doute, en riche velours noir, surmontée d'un voile de deuil, celle de Metz; celle de la Belgique, représentant saint Pierre et saint Paul; celle de Lyon, offerte par l'*Association catholique* de la sanctification du Dimanche, œuvre inspirée par Notre-Dame de la Salette; elle représente d'un côté : Moïse tenant en mains les tables de la loi, et de l'autre Notre-Dame de la Salette, nous rappelant la loi de Dieu; — celle de l'archiconfrérie de Saint-Dizier, établie par Mgr Parisis, pour la réparation des blasphèmes et de la profanation du dimanche; archiconfrérie dans laquelle Pie IX voulut lui-même se faire inscrire le premier, et qui a pour but de répondre aux enseignements de Notre-Dame de la Salette; — celle de l'Espagne, représentant d'un côté Notre-Dame de la Salette et portant de l'autre cette inscription : *La catholique Espagne pour sa délivrance*, 21 août 1873.

19

Vous remarquerez aussi un étendard laissé par le pèlerinage piémontais du 19 septembre 1876 ; — une oriflamme, venue de l'Australie, sur laquelle sont brodées quelques invocations des litanies de la sainte Vierge, et la bannière des catholiques de Genève, grande et riche ; elle représente d'un côté la sainte Face de Notre-Seigneur, et, de l'autre, la Vierge en pleurs. Elle fut offerte au Sanctuaire, accompagnée de la lettre suivante de Mgr Mermillod :

« Nous offrons une bannière à Notre-Dame de la Salette et, par là, nous consacrons notre personne, notre clergé, les fidèles soumis à notre juridiction, tous les habitants de notre patrie, notre pays tout entier, à Notre-Dame de la Salette, suppliant la Vierge Immaculée d'écarter les périls qui nous menacent et la conjurant d'obtenir ce que chaque jour demande l'auguste Pie IX, qu'il n'y ait qu'un seul troupeau et un seul pasteur !

» De notre exil de Ferney, le 13 mars 1873.

» GASPARD, *évêque d'Hébron.* »

Mais, revenons à notre récit de la fête anniversaire du 19 septembre.

L'immense procession se groupe ensuite sur les lieux de l'Apparition, et le saint Sacrifice est célébré en plein air, afin que la foule, que l'église est incapable de contenir, puisse y assister.

Au 19 septembre, et à diverses autres fêtes, les Missionnaires de la Salette ne peuvent seuls suffire à entendre les confessions ; alors les prêtres venus en pèlerinage leur prêtent avec zèle leur concours. Le clergé, en effet, a compris qu'à lui surtout revient la mission de faire passer, par l'exemple et la parole, les enseignements de l'Apparition, à tout le peuple de Marie ; et chaque année, un grand nombre de prêtres visitent la Montagne. On a pu en compter plus de sept cents dans le cours du pèlerinage de 1867 ; et dans la seule année 1870, troublée par tant de sinistres événements, il en est venu de plus de quatre-vingts diocèses de France et de l'étranger. Pendant le pèlerinage national de 1872, trois cents prêtres environ, accourus de près de cinquante diocèses différents, se sont rencontrés le même jour au Sanctuaire.

Remarquons en passant qu'à cette époque s'est constitué, à la Salette, le Comité général des pèlerinages, et c'est par le pèlerinage national de 1872, sur la sainte Montagne, que s'est établi ce courant qui a emporté, depuis, tant de milliers de catholiques vers les sanctuaires de Marie et vers la ville éternelle.

A Lourdes, la Vierge a dit à Bernadette : « *Je veux qu'on vienne ici en procession ;* » et les multitudes se pressent autour de la grotte Massabieille. A la Salette, Marie a répété deux fois ces paroles : « *Eh bien, mes enfants, vous le ferez passer à tout mon peuple.* »

Là aussi sa parole n'est pas restée vaine. Les fidèles, comprenant qu'il n'était pas toujours facile ni souvent possible de visiter la Montagne, ont voulu multiplier par toute la terre des sanctuaires où Notre-Dame de la Salette est publiquement honorée. Partout la Vierge Réconciliatrice répand ses prodiges et partout ses enfants veulent lui témoigner leur reconnaissance.

Les documents que nous avons entre les mains, et ceux qui nous arrivent chaque jour, nous font penser que le nombre de ces monuments publics, érigés en l'honneur de Notre-Dame de la Salette, s'élève, en 1877, à plus de mille, répandus principalement en France, en Belgique, en Italie, en Espagne. Le seul diocèse de Grenoble en a plus de cinquante. On en trouve plusieurs en Angleterre, en Hollande, en Allemagne, en Suisse, dans l'île Maurice, à la Martinique, dans les Etats-Unis, dans les Indes-Orientales et dans la Nouvelle-Calédonie. Au centre de l'Afrique, le Dahomey a aussi son sanctuaire de Notre-Dame de la Salette. Au moment où nous écrivons ces lignes, nous arrive de l'île des Pins une pirogue offerte par les Kanaques de l'île, qui sont membres de la confrérie de Notre-Dame de la Salette. Elle a été construite sous la direction du roi Samuel. La voile de la pirogue a été tressée par la reine de l'île, Hortense. Avec la pirogue, nous recevons une élégante et soyeuse natte de feuilles de palmier, ouvrage des femmes kanaques, et destinée au R. P. Supérieur des Missionnaires.

Quelques jours auparavant, nous arrivait une supplique des enfants Sioux, nouvellement convertis et affiliés eux aussi à la confrérie de la Vierge Réconciliatrice. Ainsi s'accomplit la parole que chante l'Eglise : *Beatam me dicent omnes generationes. Toutes les nations m'appelleront bienheureuse.*

Il est à remarquer que les sanctuaires et les statues de Notre-Dame de la Salette deviennent le but de pèlerinages où les fidèles accourent. Il en est même qui, au 19 septembre, sont fréquentés par des foules plus considérables que celles qui visitent en ce même jour, la Montagne de l'Apparition. Nous croyons être loin de toute exagération en disant qu'en moyenne chacun des monuments érigés en mémoire de l'Apparition reçoit mille pèlerins par an. C'est donc un million de pèlerins qui honorent chaque année la Vierge Réconciliatrice, dans les mille oratoires, qui lui sont consacrés par toute la terre.

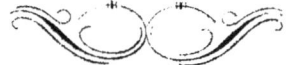

LA SALETTE EN HIVER

Nous venons de parler du concours des pèlerins. Il est en moyenne, sur la Montagne, de trente mille par année. Mais il n'est possible que depuis le mois de mai jusqu'au mois d'octobre inclusivement, c'est-à-dire pendant six mois. Le reste de l'année, la Salette devient une solitude profonde. Alors les élèves de l'École apostolique quittent cette terre sainte et descendent, à un kilomètre de Corps, à la maison de Saint-Joseph, qui appartient au Pèlerinage. Là ils trouvent le silence et l'éloignement du monde, et en même temps un climat moins rude que celui de la Montagne.

Toutefois, quelques Missionnaires et un bon nombre de religieuses restent fidèlement au poste, afin d'accueillir les quelques pèlerins dont l'amour de Marie, plus fort que la mort, ne se laisse arrêter ni par les eaux abondantes, ni par les neiges. Le temps que la rareté des visiteurs laissse libre est consacré à la prière, à l'étude, au travail. Les religieuses ont à s'occuper de la lingerie des sacristies et du Pèlerinage. Les religieux qui ont le bonheur de se délasser là des fatigues des missions ne peuvent rester oisifs. Ils ont à répondre aux lettres qui arrivent chaque jour au Sanctuaire.

Presque aussitôt après le 19 septembre 1846, une correspondance immense s'est établie entre toutes les contrées du monde chrétien et les ecclésiastiques qui vivaient près des lieux où la Reine du Ciel avait daigné se montrer à la terre. Sans parler des lettres adressées à l'Evêché de Grenoble, nous dirons seulement que M. Mélin, curé-archiprêtre de Corps, en a reçu mille cinq cents, du 19 septembre 1846 au 19 septembre 1847. M. Perrin, curé de la Salette, en recevait en moyenne cent trente par mois, ce qui donne par an mille cinq cent soixante lettres. Mais ce nombre s'est multiplié après qu'a été établie la Communauté des Missionnaires. Depuis 1865, jusqu'à nos jours, près de dix mille lettres arrivent chaque année au Pèlerinage.

Souvent on adresse à Notre-Dame de la Salette d'humbles suppliques, qu'on veut être déposées à ses pieds, et n'être connues que d'Elle seule; plus ordinairement encore, on charge le Supérieur des Missionnaires d'être, auprès de Marie, l'interprète des vœux qu'on adresse à cette Mère de Miséricorde. Fréquemment, on demande que le saint Sacrifice soit offert, ou qu'une neuvaine de prières soit faite dans le Sanctuaire. Par là, on espère obtenir quelqu'une des faveurs spirituelles ou temporelles, dont la divine Vierge est si prodigue : la conversion

conversion d'une âme qui est chère, la pratique de quelque vertu ou la guérison de quelque infirmité, le succès d'un commerce ou d'une œuvre de zèle.....

D'autrefois, on fait le récit des grâces extraordinaires obtenues par la médiation de Marie, ou bien on manifeste le désir de recevoir quelque objet pieux, bénit sur la Montagne, une fleur cueillie sur le parcours de l'Apparition. Il n'est pas jusqu'aux brins d'herbe formant le gazon de ces saints lieux, qui ne soient enviés; et l'un d'eux a inspiré les strophes suivantes :

Brin d'herbe, tu me viens de la Montagne sainte,
Sois béni ! Tu me dis des souvenirs si doux !
Tu m'arrives des lieux, où s'exhala la plainte
De ma Mère si bonne, où tout âme sans crainte
Va prier, pécheresse ou juste, à deux genoux.

Humble petit brin d'herbe, à mon cœur tu rappelles
Ces lieux,... les croix de bois, le tranquille vallon,
La source née un jour des larmes maternelles,
Et ces bronzes si beaux, interprètes fidèles
D'un mystère d'amour, de grâce, de pardon.

Tout cela, tu le dis à mon âme charmée;
Tu me donnes aussi de saints enseignements,
Modeste messager de la Montagne aimée.

Mais il est un mystère, étrange à ma pensée,
Brin d'herbe, veux-tu bien m'en expliquer le sens ?

Là-haut, sur les sommets, dans sa tranquille vie,
Heureuse de fleurir, sous le ciel, dans ces lieux,
La plante d'où naguère une main t'a cueillie,
Sans craindre ni soleil, ni tempêtes, ni pluie,
Est toujours verte avec ses brins d'herbe joyeux.

Hélas ! et toi plus rien, fraîcheur, couleur et vie,
« Plus rien... Explique-moi l'énigme de ton sort.
» — L'énigme est simple. Ecoute, humble enfant de
[Marie :
» Là-haut, sur les hauteurs, c'est comme la patrie ;
» Ici-bas, c'est l'exil, c'est l'épreuve et la mort.

» O pèlerin des lieux où pleurait une Mère,
» Qui ne sait que la vie, aux regards de la foi,
» N'est rien que vanité, défaillance, misère?
» Et tout homme vivant, existence éphémère,
» Est, Dieu même l'a dit, brin d'herbe comme moi. »

Voilà donc ta leçon, humble débris que j'aime :
Ici l'humilité; la gloire est pour les Cieux.
O de ma pauvre vie et l'image et l'emblème,
Brin d'herbe méprisé, je veux être moi-même
Comme toi, toujours humble et néant à mes yeux.

En hiver, le facteur a souvent peine à atteindre le Sanctuaire; mais il est rare qu'il interrompe son ascension plus de deux ou trois jours, depuis que Jupiter n'est plus là pour lui donner vacances.

Jupiter était un chien du mont Saint-Bernard, que les Moines hospitaliers de cette montagne avaient offert au Sanctuaire de Notre-Dame de la Salette.

Pendant cinq années, durant tout l'hiver, Jupiter a fait les fonctions de facteur à travers les monceaux de neige et les ouragans. Il ne s'agissait que de lui mettre un collier, où étaient enfermées les dépêches; dès qu'il avait cet insigne de sa charge, il comprenait la mission qu'il avait à remplir et il partait, se rendant par le plus court chemin à la cure de la Salette. Jamais on ne l'a surpris s'arrêtant dans sa route; et il ne se donnait aucun relâche qu'il n'eût remis au Père, curé de la paroisse, les lettres dont il était porteur.

Malheureusement, ses jambes, endolories par les rhumatismes, fruits d'un si rude trajet, trahirent à la fin son courage; et Jupiter n'est plus. Deux facteurs doivent donc, chacun à leur tour, faire ce service. C'est dire que la Montagne n'est pas complétement inacessible. Toutefois, en certains jours de tourmente, il serait périlleux de s'aventurer à travers des tourbillons en furie qui, pulvérisant la neige, la convertissent en un brouillard opaque, de manière à dérober toute trace de chemin, et la font voltiger avec une telle vitesse, qu'il est presque impossible de respirer. Même en des jours de calme, il serait imprudent de se mettre en route sans un guide sûr. Les montures peuvent cheminer durant quelques mois de l'hiver jusqu'au village de la Salette; mais au moins à partir de là, il faut se résigner à faire l'ascension à pied. Le chemin du Gargas est recouvert de neiges entassées par les vents ou par les avalanches, il faut donc y renoncer. La voie du hameau de Dorsières et du versant méridional du Planeau est seule praticable pour les pèlerins d'une constitution robuste, à la condition d'avoir toujours avec eux un guide; le facteur sera du reste heureux de remplir à leur égard cet office.

Le courrier de la Mure et de Corps part, toute l'année, de la place Grenette à Grenoble, et n'interrompt que rarement son trajet.

Mais il est bon, avant d'entreprendre ce Pèlerinage, de demander aux Pères Missionnaires des renseignements sur la possibilité de l'accomplir. Cette précaution peut épargner d'amères déceptions et d'inutiles dépenses. La température de la plaine est loin de donner une idée exacte de celle de la Montagne; il peut arriver, en effet, que l'ascension de la Salette soit presque impossible, lors même qu'ailleurs la saison est peu rigoureuse. Tandis que, d'autrefois, un beau soleil illumine les neiges des Alpes, qu'un courant tiède fait fondre, en même temps qu'un brouillard épais et glacé répand dans les régions inférieures de l'air un froid très-intense.

Des faits, qui ne sont que trop fréquents, prouvent que les pèlerins ont à se défier des renseignements plus ou moins intéressés, et parfois malveillants, qu'ils recueillent en route, surtout de Grenoble à Corps.

Chaque année, la grille qui environne les lieux de l'Apparition et les statues elles-mêmes sont recouvertes par la neige, qui, sous l'action du soleil de la journée et de la gelée de la nuit, se durcit facilement, de sorte qu'il est toujours permis aux heureux habitants de la Montagne, de faire visite aux lieux de l'Apparition et de prier pour la multitude des âmes qui les chargent d'être leurs interprètes auprès de la Vierge Réconciliatrice. Souvent même le chemin de croix s'y fait publiquement. Quand la couche de neige amoncelée dans le ravin du Miracle a plusieurs mètres d'épaisseur, on construit une crypte mystérieuse, qui permet d'aller plus fréquemment visiter la Vierge en pleurs, et qui sert d'abri à la prière contre les rafales si fréquentes sur ces hauteurs. Cet édifice a pour parois la neige mêlée avec de l'eau de la Fontaine miraculeuse. La gelée lui donne une grande solidité. Rien n'est plus facile que sa construction. Quand tout a disparu sous des monceaux de neige, on creuse d'abord verticalement à l'endroit où l'on espère trouver la Fontaine. Dès qu'on l'a découverte, il est facile de s'orienter ; on creuse horizontalement jusqu'à ce qu'on ait découvert la *Vierge en pleurs*, puis le groupe de la *Conversation*.

La neige, extraite ainsi de l'intérieur, est jetée par l'ouverture du souterrain sur la voûte de la grotte, qu'elle solidifie encore. On laisse, au milieu, une colonne qui aide à soutenir l'édifice, et on ne s'arrête que lorsqu'on est parvenu à avoir une crypte de sept mètres de longueur, et de trois mètres de largeur, avec des parois unies comme le plus beau marbre, et brillantes comme le cristal. A la voûte, on suspend devant chaque Vierge, des lampes dont la clarté est réflétée par les murs de glaces comme par des myriades de diamants. Rien de simple, rien de touchant comme ce mystérieux souterrain, auquel on arrive par une pente ménagée dans un tunnel de neige.

Les bronzes noirs, si éloquents par leur attitude et leur silence, captivent l'âme et commandent la prière. Là, plus d'échos des bruits du monde, ni même des vents, qui expirent sur les flancs des montagnes. Ce n'est plus la froide glace, on est comme dans un globe de lumière. Les pensées de la terre s'effacent de l'esprit. On y rêve du Ciel. Le doux murmure de la source bénie, tombant dans un creux du rocher, réveille seul l'âme ravie ! On se reconnaît, on prie avec plus de ferveur l'auguste Mère ; puis, avec la main, on puise de cette eau limpide qu'on approche avec amour de ses lèvres, et on quitte ces catacombes silencieuses... A peine a-t-on fait quelques pas, qu'on se retourne pour voir encore, mais on n'aperçoit plus rien, sinon une ouverture dans la neige. C'est l'entrée du tunnel qui, décrivant une courbe, dérobe aux regards les charmes de la grotte.

Le froid aussitôt vous saisit et vous fait regretter davantage encore le doux abri de la crypte et les consolations qu'on y goûte, comme sur le sein d'une Mère.

Si vous veniez à certaines grandes fêtes de l'hiver, quand est construite la grotte, vous y verriez le soir, une illumination de plus de cinquante cierges, sans qu'il y ait rien à craindre pour la solidité de la voûte; et vous trouveriez-là les deux communautés réunies, dans les chants et la prière, au pied de Marie.

A la Salette, le thermomètre descend en moyenne jusqu'à seize ou dix-huit degrés en décembre et janvier, et jusqu'à treize ou quatorze en février et mars.

Quelques excursions sur la Montagne sont néanmoins possibles. Il ne s'agit que de sortir par la fenêtre du premier étage, qui se trouve tout à fait de niveau avec la neige durcie.

Assez fréquemment, un soleil d'un éclat à éblouir illumine les sommets immaculés de la Salette, qui étincellent comme un gigantesque feu de joie. La température est douce, le vent presque tiède. De quelque côté que vous tourniez vos regards, vous ne voyez que la neige et les cieux; la terre a complétement disparu. Ah! sans doute, le Pèlerinage, avec ses foules accourues durant l'été, a des attraits qui ravissent; mais la Salette, en hiver, avec son Sanctuaire émergeant au sein des frimas, comme un immense rocher aux formes élégantes et graves; la Salette, séparée du monde par une clôture de glace de cinq kilomètres de longueur, et de deux ou trois mètres d'épaisseur; la Salette, avec sa solitude que les oiseaux eux-mêmes et les animaux ont abandonnée, c'est le vestibule du Ciel.

DU SANCTUAIRE AU GARGAS.

Mais nous oublions que notre *Guide* est fait pour les pèlerins qui visitent la Montagne pendant la belle saison. Qu'est-il besoin de nous arrêter à décrire la Salette en hiver? Invitons plutôt nos lecteurs à une excursion au Gargas. C'est la Montagne sur le versant de laquelle a eu lieu l'Apparition. Une joyeuse caravane est vite formée à la Salette; lors même qu'on n'y vient pas en famille, on y trouve facilement des frères et des amis de la meilleure société, et de l'esprit le plus chrétien.

Laissant à votre gauche les lieux de l'Apparition et le chemin de la carrière, vous gravissez la rampe tracée au-dessous d'un mur de pierre, à quelques mètres au-dessus du torrent de la Sézia. Pour atteindre ce sommet, qui a 2,200 mètres d'élévation, dirigez-vous d'abord vers le col qui le relie à la montagne des Baisses, autre crête moins élevée que vous avez en face de vous et qui est surmontée d'une croix. Du col, vous n'avez qu'à suivre la croupe de la Montagne par une pente assez douce.

La montée, du Sanctuaire au sommet du Gargas, sera d'une heure, à la condition que les nuages ne viendront pas se former subitement à son sommet, avant que vous puissiez y parvenir; car si les brouillards vous envahissent, votre excursion perdra tout son charme, et vous risquerez, après quelques heures de fatigues, de vous trouver à Entraigues, de l'autre côté de la Montagne, au moment où vous vous croirez de retour au Sanctuaire.

Mais si la journée est belle, comme il arrive souvent, ne redoutez pas trop la chaleur, car bientôt un air frais et peut-être froid, en tempérant les ardeurs du soleil, adoucira les fatigues de la route.

Au sommet, vous rencontrerez la croix, si la foudre ne l'a pas renversée avant votre ascension. Elle domine tous les hauts pics qui environnent la Salette. Après l'avoir saluée, parcourez l'immense panorama qui s'étale à vos yeux. A vos pieds, à 1,200 mètres au-dessous d'un précipice taillé à pic, Entraigues arrosé par la Bonne, qui donne son nom au Valbonnais. Le climat du Valbonnais est doux : on y cultive la vigne, et les figues y mûrissent. En remontant à l'est le cours du torrent, vous découvrez Valjouffrey, puis le Valsenestre, *Vallis sinistra,* vallée sinistre; et, en effet, la nature, là, offre des horreurs qui font frissonner. L'aspect des forêts et des montagnes est plus qu'austère, il est sauvage. Les glaciers qui dominent ce désert résistent à tous les soleils et à tous les vents de l'été. Il faut des notes diverses dans le concert de la création qui raconte la gloire de Dieu. Cette diversité des paysages qu'offre la nature, en fait l'harmonie.

En face de vous, se dressent les montagnes de l'Oisans, si fréquentées par les touristes.

Vous pouvez promener vos regards sur la Mathésine; à l'œil nu, vous apercevez la Mure, sa capitale, et même, comme un miroir étincelant aux rayons du soleil, le lac de Pierre-Châtel. Si vous êtes armé d'une bonne lunette, vous découvrirez jusqu'aux fortifications de Grenoble. A l'ouest, le mont Aiguille, que quelques hardis et presque téméraires touristes ont seuls pu gravir. Au sud-ouest, le Beaumont, dont la verdure repose agréablement l'œil, et dont les pieds sont baignés par le canal de la Bonne, qui a vingt-cinq kilomètres de longueur; l'Obiou, avec sa crête perdue dans le ciel, et, à ses pieds, la riante vallée du Drac.

Au midi, les gorges du Dévoluy (Hautes-Alpes), creusées sur les flancs abrupts de montagnes presque stériles, mais habitées pourtant par des populations aux mœurs douces et à la foi antique. Plus près de vous, le bassin de la Salette, si admiré, le Sanctuaire établi là comme une oasis au sein du désert, et comme un centre d'où rayonnent tant de merveilles.

A ce spectacle, vous ne pourrez vous empêcher de penser ce que disait tout haut un pèlerin : Vraiment la Vierge, en choisissant ce lieu pour apparaître, a fait preuve de bon goût ! et vous vous surprendrez, murmurant avec le poëte :

•

21

Avec leurs grands sommets, leurs glaces éternelles,
Par un soleil d'été, que les Alpes sont belles !

Que si, venus à la Salette d'une terre lointaine et fatigués par le trajet, vous ne pouvez gravir le Gargas, une demi-heure vous suffira pour atteindre la croix des Baisses, en face du Sanctuaire. Vous perdrez peu à vous épargner la course du Chamoux, qui est à l'*Est ;* car l'ascension de cette montagne n'est pas sans quelque danger, et ne peut offrir un sérieux intérêt qu'aux botanistes.

Mais, soit que vous vous donniez le plaisir bien légitime de ces excursions; soit que, pèlerin plus recueilli, vous préfériez passer vos heures au pied des autels, ou sur les lieux où Marie a pleuré, ne manquez pas de visiter le cimetière.

Sur le versant de la montagne des Baisses, à moins de deux cents mètres de l'église du Pèlerinage, est érigée une élégante chapelle romane, construite d'abord à l'endroit même où la Vierge remonta au Ciel. Quand M. le comte de Pennalver offrit au Pèlerinage les groupes de bronze qui sont aujourd'hui sur les lieux de l'Apparition, celui de l'*Assomption* fut placé au-dessus de l'autel de cette chapelle, dont la voûte l'écrasait. On comprit alors qu'il était nécessaire de dégager ces belles statues, et on démolit la chapelle pour la rebâtir au milieu du cimetière qu'elle domine. Ainsi les lieux de l'Apparition furent rétablis dans leur état primitif, ce dont il y a tout lieu de s'applaudir.

La grande statue de Marie remontant au Ciel, qui couronne le monument du cimetière, est l'œuvre de M. Fabisch, artiste de Lyon. Elle s'élance dans les airs, comme pour entraîner avec elle les âmes de ceux dont les cendres reposent à son ombre.

L'autel de la chapelle, don des Dames de Grenoble, est surmonté d'un groupe de l'Apparition.

Il faut s'agenouiller dans ce séjour de la mort, où toujours une âme sérieuse recueille quelque grande pensée, et sent le besoin d'offrir à Dieu une prière pour ceux qui ont quitté l'exil.

Parcourons ensuite ces tombes, qui occupent déjà toute la partie *Est* du cimetière. La plus voisine de la chapelle est celle d'un Missionnaire. Vous y lisez, en effet : *R. P. Petit, B. M. Salettensis Missionarius, annos natus 34. Obiit 5 nov. 1862.* — *R. P. Petit, Missionnaire de N.-D. de la Salette, mort à l'âge de 34 ans, le 5 nov. 1862.* M. James Petit était de Nogent, dans la Haute-Marne, où il occupait une position avantageuse et honorable. Depuis longtemps, une maladie lente le dévorait sourdement et le rendait incapable de tout travail sérieux. C'est dans cet état qu'il vint faire un pèlerinage à la Salette. Il y passa un mois entier. A la fin de son séjour, il pouvait travailler sept heures par jour.

Plein de reconnaissance pour cette faveur de Marie, ce jeune homme se dit à lui-même : Ne dois-je pas consacrer les forces qui me reviennent à la gloire de Celle qui me les rend ? La question fut presque aussitôt résolue que posée. James Petit entra au Grand Séminaire de Grenoble. Il y fit sa théologie avec succès, et dès qu'il fut ordonné prêtre, il entra dans la

Communauté des Missionnaires. Sa mère et sa sœur quittèrent elles-mêmes Nogent, pour venir habiter plus près de Notre-Dame de la Salette. Leurs restes sont ensevelis dans la même tombe que celui dont elles avaient partagé le dévouement à Marie. Les quelques années de ministère du P. Petit ont été fécondes, en peu de temps il a beaucoup fait; et, à Grenoble, où il a surtout exercé son zèle, les âmes pieuses ne l'ont point encore oublié.

A côté de lui repose un autre Missionnaire, moissonné plus jeune encore par la mort dans la carrière où il s'élançait avec l'ardeur d'un apôtre, le P. Brun, du diocèse de Grenoble, mort à l'âge de vingt-neuf ans, le 7 février 1862.

Tout près de là et sur la même ligne, non loin de la muraille du cimetière, une grande tombe porte cette inscription : *Ici repose M. F. Sibillat, Missionnaire apostolique, ancien Missionnaire de N.-D. de la Salette. Beati qui in Domino moriuntur.* Dès le 19 septembre 1847, M. l'abbé Sibillat se rendit sur la sainte Montagne, avec les cinquante mille pèlerins qui la visitèrent ce jour-là. Il adressa à cette foule qu'il dominait de sa belle taille, une chaleureuse allocution. A l'appel de Mgr Philibert de Bruillard, il accourut sur la sainte Montagne un des premiers. Détaché de la Communauté en 1858, M. l'abbé Sibillat, afin de se livrer tout entier au ministère de la prédication, pour lequel il avait un vrai talent, n'accepta aucune charge dans le diocèse de Grenoble; avec le titre de Missionnaire apostolique, il se mit à parcourir la France, prêchant avec succès les stations de l'Avent et du Carême, donnant des Missions dans les paroisses et des

Retraites dans les Communautés. Partout il faisait connaître l'Apparition de la Salette. C'est en revenant d'une de ses courses apostoliques, que M. l'abbé Sibillat a contracté la maladie qui l'a conduit au tombeau. Selon son désir, ses dépouilles mortelles ont été transportées au Pèlerinage de Notre-Dame de la Salette, au culte de laquelle il avait consacré une grande partie de sa vie sacerdotale.

Un peu plus bas, une grande croix de pierre blanche domine les autres et vous avertit que là repose celui des Missionnaires de Notre-Dame de la Salette qui est allé le premier recevoir la récompense de ses travaux : Pierre Denaz, mort le 27 avril 1857. Ceux qui ont eu le bonheur de le connaître n'ont oublié ni sa piété, ni sa modestie, ni son humilité, qui lui faisait chercher l'occasion de rendre à ses confrères les plus humbles services.

A côté de lui, attend la résurrection bienheureuse, son frère, Joseph Denaz qui, sans être prêtre, voulut aussi se consacrer au service de Notre-Dame de la Salette, et fit les fonctions d'homme d'affaires du Pèlerinage jusqu'à sa mort, arrivée le 17 février 1862.

Vous qui avez connu le R. P. Jacquot, autre Missionnaire de Notre-Dame de la Salette, et qui gardez un souvenir profond du bien qu'a fait à vos âmes cet homme de Dieu, vous chercherez en vain sa tombe dans ce cimetière. Il est mort, à Rome, le samedi 10 octobre 1868, à l'âge de trente-six ans. Il était né à Chariez, près de Vesoul (Haute-Saône), le 7 août 1832. Il venait donc du diocèse de Besançon, qui avait déjà donné à la Salette le vénéré M. Rousselot, chanoine de la cathédrale de Grenoble, dont les écrits traduits en plusieurs langues, ont fait partout connaître l'Apparition. Le P. Jacquot entra dans la Communauté au mois de septembre 1864. Ame ardente et généreuse, il apportait à l'œuvre un dévouement sans bornes. Doué des meilleures qualités de l'intelligence et du cœur, habitué aux études sérieuses, il avait acquis cette science divine que les lèvres du prêtre doivent garder. Aussi, ses succès dans la prédication de la parole de Dieu ont été remarquables. Au milieu des exercices d'une mission, dans le carême de 1866, il sentit sa santé fortement ébranlée. Obligé de prendre du repos, il voulut visiter Rome, où son amour pour le Saint-Père et pour l'Eglise l'attirait. C'est là que Marie est venue recueillir cette âme déjà mûre pour le Ciel. Par une faveur extraordinaire de notre Saint-Père le Pape Pie IX, le corps du R. P. Jacquot a été enseveli dans l'église de Saint-Grégoire à Monte-Cœlio, où il repose dans la chapelle même de Saint-Grégoire, au pied de l'autel où le saint Pape disait la messe.

A côté du P. Denaz, sont les tombes des deux époux Durif, de Grenoble; sur celle de Mᵐᵉ Durif, vous lisez : *Son corps repose, où son cœur fut toujours.* — Notre-Dame de la Salette a des enfants qui tiennent à lui léguer leurs dépouilles mortelles, et qui, par quelque don insigne fait à son Sanctuaire, méritent d'être ensevelis sur sa Montagne.

D'autres modestes croix indiquent la place où ont été ensevelis quelques pèlerins, qui étaient venus, sans s'en douter, se préparer à la mort à la Salette.

Lisez sur la tombe d'une jeune fille poitrinaire : *Ma bonne Mère m'a appelée auprès d'Elle et m'a gardée.*

Remarquez aussi, entourée d'un modeste grillage en bois et surmontée d'une croix portant une couronne de perles blanches, la tombe d'une humble Religieuse de la Providence de Grenoble, sœur Delphine, morte au service de Notre-Dame de la Salette le 22 juillet 1870. A côté d'elle, sur une longue table de marbre, vous lisez : *Rosalie Pradel, décédée le 2 septembre 1867.* — Rosalie Pradel était une humble ouvrière du Midi, qui vint s'établir sur la sainte Montagne, où elle bâtit au-dessous du cimetière cette maisonnette que vous apercevez encore; elle y passa de longues années dans la prière. Les pèlerins ne la nommaient que la Solitaire.

Non loin du portail du cimetière, repose M. Turc, curé-archiprêtre de Corps, de 1865 à 1872. Ses paroissiens n'ont point encore oublié sa vie sacerdotale, sa charité, son zèle, sa fermeté. De pieuses mains viennent encore de nos jours déposer des fleurs sur sa tombe.

On ne peut s'arracher sans émotion à cette terre sainte où reposent, à l'ombre du Sanctuaire, tous ces enfants de la Vierge de la Salette. O vous, pour qui l'entrée du Ciel a dû être facile, n'oubliez pas vos frères qui gémissent encore dans la vallée des larmes.

LE TRÉSOR

Vous ne voudrez pas, sans doute, quitter la Montagne sans visiter le *Trésor* du Sanctuaire. Pour cela, vous aurez à vous rendre à la sacristie des Pères. Dans celle des Religieuses qui est toujours fermée, vous ne remarqueriez que des ornements sacrés plus ou moins riches, quelques guipures de prix, des tapisseries, dont quelques-unes brodées par des mains impériales ou royales, et des tapis d'autel. Celui qu'ont offert, en 1857, les Enfants de Marie de Lyon est le plus remarquable. Il est estimé 8,000 fr. Un autre tapis, don des Dames de Montpellier, ne le cède guère en richesse au premier. Les Dames de Solferino (Italie), après la bataille de ce nom, en ont offert un troisième qui a aussi son mérite.

Mais à votre pieuse curiosité il suffira de visiter la sacristie des Pères Missionnaires. Elle est ouverte, le matin, depuis cinq heures jusqu'à neuf heures; et, le soir, de deux heures et quart à trois heures, et de cinq heures à cinq heures et demie. En hiver, cette sacristie sert de chapelle aux habitants de la sainte Montagne et aux rares pèlerins. C'est là que se font les offices depuis novembre jusqu'à mai.

En été, c'est là que vous pourrez faire bénir les objets de piété, demander des neuvaines, des messes, faire inscrire des recommandations aux prières et des noms sur le registre de l'Archiconfrérie. Là aussi vous pourrez écrire sur l'album des pèlerins vos impressions ou les faveurs que vous avez obtenues par Notre-Dame de la Salette.

En parcourant ce que d'autres auront écrit avant vous, vous trouverez matière à admirer de nouveau les nombreuses faveurs que la Vierge accorde à ses enfants, et les sentiments de foi qu'Elle leur inspire.

C'est à une heure qu'il vous sera plus facile de visiter le trésor. Il se compose de reliquaires et d'autres objets de prix que nous allons vous faire brièvement connaître.

De tous les reliquaires, le plus précieux, sans contredit, est une croix enfermant une parcelle importante de la vraie Croix. Celui qu'on fait vénérer aux fidèles, les dimanches et les jours de fête, contient un fragment du voile de la Vierge, conservé à Notre-Dame de Chartres, depuis le IXe siècle.

Un grand reliquaire, en forme de châlet doré, attirera sûrement vos regards, et vous y vénérerez la pierre sur laquelle la Vierge s'est assise pleurant, le 19 septembre 1846. Cette pierre est un calcaire schisteux de couleur noirâtre, semblable à celui qui se rencontre autour du Sanctuaire. Avant l'Apparition, elle avait été posée sur d'autres pierres plus petites par les pâtres qui avaient voulu s'en faire un siége, étant bien loin assurément de se douter que ce siége servirait à la Reine du Ciel.

Neuf jours après l'Apparition, le 28 septembre 1846, M. Mélin, curé-archiprêtre de Corps, se rendit à la Montagne avec Maximin, Mélanie, son jeune sacristain, qui est aujourd'hui curé d'une paroisse du diocèse de Grenoble, et cinq autres personnes. Il eut l'heureuse pensée de faire emporter la pierre, afin de la conserver à son presbytère. Malheureusement un coup que lui donna son sacristain la partagea. Le fragment principal, qui formait à peu près la moitié de la pierre entière, fut placé dans une boîte en bois, que M. Mélin, scella avec le sceau de la paroisse de Corps, le 31 mai 1847. — Les autres fragments furent distribués à des pèlerins avides de les posséder.

Dès 1848, cette pierre était à la paroisse de la Salette, dont le curé l'avait réclamée comme lui revenant de droit.

C'est là que, le 18 octobre 1848, M. l'abbé Auvergne, prosecrétaire de l'évêché de Grenoble, délégué à cette fin par Mgr Philibert de Bruillard, ouvrit la boîte en brisant les sceaux de la paroisse de Corps, et passa autour de la pierre un ruban de soie blanche, qui la lie aujourd'hui encore en forme de croix. Il apposa quatre fois le sceau épiscopal sur les nœuds du ruban, et replaça le tout dans la même boîte, qu'il scella de nouveau.

Quand les Missionnaires de Notre-Dame de la Salette eurent été appelés au service du Pèlerinage, ils ne tardèrent pas d'être mis en possession de cette précieuse relique, qui resta dans l'état où l'avait laissée M. l'abbé Auvergne, jusqu'en 1862.

A cette époque, Mme de Perret offrit le reliquaire actuel, en reconnaissance de plusieurs faveurs, dont voici la plus remarquable. Vers la mi-octobre 1848, Mme de Perret était atteinte d'une maladie que la médecine se déclarait inhabile à guérir avant quatre années entières d'un traitement dispendieux. Il s'agissait d'une dartre de mauvaise nature, qui lui couvrait tout le corps comme d'un manteau de feu. Tout à coup, une pensée de confiance l'illumine. Allons à Notre-Dame de la Salette, dit-elle à sa jeune fille de quatorze ans, qui est devenue depuis fondatrice et supérieure des Ursulines de Nice. En effet, toutes deux partent à pied, et en huit jours parcourent la distance qui sépare le département de Vaucluse, de Corps. Elles arrivent le lendemain à la Montagne, toujours à pied, et en redescendent emportant six litres d'eau puisés à la source miraculeuse. Mme de Perret, de retour à Apt, commence une neuvaine et le neuvième jour la dartre a disparu. Ce reliquaire est donc un *ex-voto* qui rappelle un fait prodigieux.

C'est le 10 septembre 1862, qu'autorisés par Mgr Ginoulhiac, alors évêque de Grenoble, les Missionnaires transférèrent la pierre dans ce nouveau reliquaire qu'ils ont scellé du sceau de la

Communauté. En vain donc les pèlerins jetteront désormais sur elle des regards de pieuse convoitise !...

Nous ne disons rien d'une relique de saint Philibert, patron de Mgr de Bruillard qui l'a offerte au Sanctuaire, ni d'un fragment assez considérable d'un os de sainte Agathe, que nous a laissé en 1876, Mgr l'archevêque de Catane. Cette dernière relique attend encore un reliquaire qui permette de l'exposer publiquement.

Mais nous ne pouvons passer sous silence une autre richesse religieuse du Pèlerinage, c'est un corps saint de nom propre, saint Istercore, enfermé dans un reliquaire de bois doré, et donné par le Saint Père, en 1851, à M. Rousselot, lorsqu'il alla porter à Pie IX le secret des Bergers.

Le Sanctuaire a d'autres richesses moins précieuses, sans doute, aux yeux de la foi, mais qui disent aussi bien haut la puissance de Notre-Dame de la Salette et la générosité de ses enfants. Des pèlerins, des familles entières se sont dépouillés de leurs bijoux, de leurs pierres précieuses, pour les offrir à Marie, soit pour lui témoigner leur reconnaissance, soit pour lui prouver leur dévouement. Souvent, en confiant aux Gardiens du Sanctuaire ces offrandes, ces pieux donateurs ont manifesté le désir de les voir demeurer aux pieds de la divine Vierge comme monument de leur foi en son Apparition. Après avoir religieusement conservé ces dons durant plusieurs années, les Missionnaires de Notre-Dame de la Salette, de concert avec Mgr l'Evêque de Grenoble, ont cru répondre aux intentions des donateurs en employant ces bijoux à des vases sacrés où seraient enchâssées les pierres précieuses reçues. Et c'est ce qui a valu au Pèlerinage un ostensoir monumental et un calice non moins merveilleux; car l'un et l'autre sont constellés de brillants et d'émeraudes et ruissellent de pierreries; le seul calice n'en compte pas moins de quatre cent deux.

L'ostensoir, œuvre, comme le calice, de M. Armand-Caillat, artiste lyonnais, a été admiré à l'exposition de Rome, en 1869. Il représente l'Epiphanie, cette première adoration solennelle de Jésus dans l'ostensoir de la crèche. Sur le pied sont sculptés les rois mages et un berger. Des cerfs ailés s'élancent au-dessus d'eux, pour courir à ces eaux dont ils sont avides, et qui jaillissent jusqu'à la vie éternelle. Sur de petites consoles apparaissent les quatre symboles des Evangélistes. Au nœud, voici la crèche, l'âne et le bœuf. Saint Joseph et la Vierge présentent aux mages le divin Enfant qui les bénit. Au-dessus d'un admirable rayonnement, apparaît l'étoile miraculeuse qui conduisit les rois vers la crèche et qui nous doit attirer au tabernacle.

Le calice, en or massif, du poids de mille neuf cent soixante et seize grammes, n'est pas une œuvre d'art moins remarquable. Le pied a six lobes portant six médaillons : 1º Notre-Dame de la Salette arrêtant le bras de son Fils prêt à frapper; l'Eglise, sous la figure de saint Pierre, s'unit à Elle; 2º les anges exterminateurs, obéissant aux ordres miséricordieux du

Maître, remettent le glaive dans le fourreau ; 3º les béatitudes s'avancent des palmes à la main ; 4º la Vierge tient sur ses genoux son Fils, descendu de la croix ; deux anges pleurent à ses côtés ; 5º trois anges groupés portent, avec le crucifix, la chaîne, les tenailles et le marteau caractéristiques de l'Apparition ; 6º triomphe de la Vierge Immaculée sur son trône ; deux anges agenouillés lui offrent le sceptre et le lis.

La coupe est portée par six fleurs émaillées de bleus nuancés. Elle est toute couverte de rinceaux de vigne symbolique, qui se détachent sur un fond turquoise vert, et qui entourent trois médaillons où sont gravées les vertus théologales. On lit, sur le bandeau dentelé de la coupe, cette inscription, qui en explique l'ornementation : *Ego sum vitis vera, et pater meus agricola est ; je suis la véritable vigne et mon Père est le vigneron.* — La grande croix en brillants qui domine la coupe est un souvenir d'un nom illustre, précieusement conservé : elle a été offerte par la famille de Maistre. — Dans le disque intérieur de la patène est gravé le Christ, assis et montrant ses plaies. A ses côtés, deux anges, l'un portant la croix et la couronne d'épines ; l'autre, une lance et les clous.

La couronne est le présent d'une dame dont la modestie nous a laissé ignorer le nom. Les pierres précieuses d'une illustre famille se sont réunies sous la main d'un artiste de la capitale, qui les a élégamment enchâssées dans des roses d'or. Au centre de chaque rose étincelle un brillant ; et chaque pétale est formée par une aigue-marine. Entre les roses et leur feuillage d'or, s'élèvent d'élégantes tiges de vermeil, percées à jour par des diamants et se terminant en gerbe d'étoiles d'or et de pierreries. On le voit, l'artiste a cherché à reproduire le diadème que la Vierge, au témoignage des Bergers, portait au jour de son Apparition. Il y a réussi, et son œuvre a figuré avec honneur à la grande exposition de Paris, en 1857. La donatrice de la couronne l'a offerte en *ex-voto* de la guérison de son fils unique.

Nous devons le missel à M. le comte de Pennalver. Ne pouvant, en 1868, assister à la bénédiction des cloches dont il était un des parrains, il envoya à Notre-Dame de la Salette ce riche volume, dont la reliure a coûté à l'ouvrier trois ans de travail, et neuf mille francs au donateur. L'intérieur du missel n'est autre que celui des plus belles éditions de Mame. La monture est en or parsemé d'émaux. Mais ce qui mérite surtout d'être admiré, ce sont les peintures des tranches; on les dirait faites sur des plaques d'ivoire. La tranche inférieure est comme un tableau abrégé de l'ancien Testament, au milieu duquel apparaît rayonnante l'image de Moyse, le législateur de l'ancienne Loi. La tranche supérieure représente Notre-Seigneur Jésus-Christ, Législateur de la Loi nouvelle, et sur la tranche longitudinale, Marie Immaculée qui sert de trait d'union entre l'ancien et le nouveau Testament. Son pied vainqueur écrase la tête du serpent. Sur les fermoirs on lit : *Ave Maria.*

— Nous ne pouvons qu'énumérer les autres objets qui forment, avec les chefs-d'œuvre que nous venons de décrire, le Trésor du Sanctuaire. — Un calice, œuvre de Froment Murice :

au pied, les trois vertus théologales; la coupe est entourée de rinceaux de vignes, de fleurs de lis et d'épis de blé.

Un ciboire gothique, don d'une famille bretonne. Un autre ciboire porte cette inscription : *Notre-Dame de la Salette, protégez Henri et Marie-Thérèse.*

A côté de l'offrande des grands, vient celle des pauvres, témoin cet ensensoir en argent, offert par une humble domestique de Marseille.

La croix d'argent d'un chef de tribu sauvage est là dressée sur le pied de l'ostensoir. — C'est un souvenir de son baptême, apporté par l'heureux missionnaire qui l'a baptisé.

Le chapelet offert par la femme du gouverneur de l'île de Java mérite d'être remarqué : c'est un riche filigrane que le *Guide-Joanne* prétend être l'œuvre des sauvages de l'île, mais qui paraît de façon européenne.

A ce chapelet est appendue la croix épiscopale de Mgr de Bruillard, évêque de Grenoble. Çà et là, des médailles d'honneur et des croix de commandeurs et d'officiers. — .Ici, l'épée d'un officier supérieur se croise avec le sabre d'un brave, qui vint, aussitôt après la guerre de 1870, déposer son arme aux pieds de Notre-Dame de la Salette. C'était justice, Elle l'avait préservé des plus imminents périls.

Enfin, remarquez cette petite auge en marbre noir poli. Elle porte les armes de Mgr de Bruillard, avec cette inscription : *25 mai 1852.*

Elle contient une petite truelle en argent, où sont écrits le nom de ce vénéré prélat, et ceux de l'architecte et des entrepreneurs des constructions du Pèlerinage. A cet objet se rattache un grand souvenir, celui de la pose et de la bénédiction de la première pierre du Sanctuaire.

Le coffre-fort qui renferme le trésor, pèse trois mille quatre cents kilos. C'est le plus lourd fardeau qu'on ait réussi à monter à la Salette.

CONCLUSION

Nous avons fait connaître le chemin de la Salette et l'histoire de l'Événement qui la rend célèbre. Nous avons décrit son site, son sanctuaire, ses fêtes, ses richesses; notre tâche est donc remplie.

Vous séjournerez au Pèlerinage le temps qu'il vous plaira, guère plus de neuf jours sans doute, car d'autres visiteurs viendront réclamer le bonheur d'occuper à leur tour, la cellule, qu'une cordiale hospitalité vous aura offerte.

Avant de quitter ces lieux, volontiers vous écrirez sur l'album des pèlerins, comme un de ceux qui vous ont devancé : *En montant, je le croyais; en descendant, j'en suis sûr;* et vous vous promettrez de revenir encore.

Déchargé du poids des faiblesses de la vie, que vous aurez déposé aux pieds de la Vierge en pleurs et des ministres de sa miséricorde, votre âme sera libre comme l'air de ces sommets, et pure comme le soleil qui les dore.

Puissiez-vous garder longtemps, toujours, les impressions douces et fortes, que procure à l'âme, la grâce de Dieu recouvrée au pied des autels de Marie ! Tout autre bonheur en ce monde est amer ; tout autre plaisir est cruel. Les joies d'une bonne conscience sont les seules véritables. C'est pour les rendre à ses enfants, qu'est venue pleurer à la Salette la divine Réconciliatrice.

N'oubliez pas les gémissements de votre Mère. Désormais donc, que votre lumière brille devant les hommes, et qu'ils voient vos bonnes œuvres. « Quand on a visité la Salette, disait Mgr de Langalerie, on ne peut plus se contenter d'un christianisme ordinaire. »

Éviter les crimes que la Vierge a flétris : le blasphème, la profanation du dimanche, la violation des lois de l'abstinence, l'oubli de la prière, c'est peu pour qui a compris l'Apparition, il veut encore devenir apôtre de ce grand Evénement. « *Eh bien ! mes enfants, vous le ferez passer à tout mon peuple,* » a répété par deux fois la divine Messagère. Quand on a l'intelligence de ce que l'on doit à Dieu, et du malheur de ceux qui l'outragent, on use de toute son influence pour empêcher la violation de sa loi.

C'est, du reste, là, faire acte de bon citoyen autant que de chrétien fervent. Qui, s'il n'est impie, ne sent que les désordres que stigmatise la Vierge de la Salette, et qui ont pris de nos jours des proportions si scandaleuses, doivent amener sur notre patrie la malédiction du Ciel ? *On ne se moque pas impunément de Dieu,* dit le docteur des nations.

Et si l'on croit à l'Apparition, on ne peut manquer d'éprouver les sentiments qu'exprimait, à propos de l'Evénement de la Salette, un illustre prince de l'Eglise : « Je suis effrayé de tels prodiges, disait à M. Rousselot le cardinal Fornari, nous avons dans la Religion tout ce qu'il faut pour la conversion des pécheurs, et quand le Ciel emploie de tels moyens, il faut que le mal soit grand ! »

C'est le devoir de quiconque en redoute les suites, de l'entraver et de répandre le bien.

Animé d'un tel zèle, vous direz adieu à la Salette.

Plus d'une fois, en descendant les rampes du Gargas, vous vous surprendrez à regarder encore le Sanctuaire, à travers des larmes; et votre cœur, plus encore que vos lèvres, murmurera ce refrain :

O montagne bénie,
Où je voudrais mourir,
Vous serez de ma vie
Le plus doux souvenir.

TABLE DES MATIÈRES

NOTES & RENSEIGNEMENTS UTILES

AUX PÈLERINS

Il est facile, si on en fait la demande près d'un mois à l'avance, d'obtenir des compagnies des chemins de fer, la réduction de 40 ou 50 pour 100, quand on vient en pèlerinage par caravane de quarante personnes au moins.

La formation d'un groupe de quarante pèlerins n'offre aucune difficulté dans les villes, ni même dans les bourgs de deux mille à trois mille âmes. L'expérience nous l'a appris, il suffit d'une ou de deux personnes intelligentes qui se mettent à la tête, et fassent les démarches voulues, soit auprès des compagnies, soit auprès du Comité des Pèlerinages de Grenoble.

Ce Comité, établi en 1873 par Mgr Paulinier, alors évêque de Grenoble, a pour président M. Letocart, 19, rue Servan, Grenoble. On peut s'adresser à lui pour savoir le jour où on pourra effectuer le pèlerinage, et à quelles conditions. Le Comité se charge de pourvoir les caravanes de voitures qui les transporteront, à des prix modérés, des gares de Grenoble ou de Vizille à Corps, et de leur indiquer les hôtels où les pèlerins pourront loger et se restaurer. Le prix des voitures, *aller et retour*, de Grenoble à Corps, est ordinairement fixé à 14 ou 15 fr.

Le Comité général des Pèlerinages, dont le bureau est à Paris, 8, rue François-Ier, a exprimé le vœu que les pèlerinages faits à la Salette prissent le caractère d'une retraite. La solitude de la Montagne se prête en effet admirablement aux grandes et sérieuses pensées de la foi. Et un trop court séjour, qui suffit à peine à remettre des fatigues d'un long voyage, émousse les impressions, qui naissent à la visite des lieux sanctifiés par la présence de Marie.

Les pèlerins du Midi peuvent arriver par Gap ou par Grenoble. La ligne de Marseille ou de Tarascon à Gap, par Pertuis, est la plus directe; mais la dépense est presque la même. Cependant, le trajet à faire en voiture, de Gap à Corps, n'est que de trente-huit kilomètres; tandis que celui de Grenoble à Corps est de soixante-trois kilomètres; de Vizille, il ne serait que de quarante-neuf kilomètres.

Le prix des places de Gap à Corps, *aller et retour*, est de 10 à 12 fr., et celui *de Grenoble à Corps est de 14 à 15 fr.*

Il n'existe pas de comité des Pèlerinages à Gap; on peut traiter de gré à gré et d'avance avec M. Aubert, bureau des Messageries, à Gap, ou avec MM. François Choval et C¹ᵉ, près des casernes de cette ville.

Il est bon de prévenir le Supérieur des Missionnaires du jour, de l'heure de l'arrivée et du nombre des Pèlerins.

Les voitures ne peuvent guère transporter plus de cent cinquante pèlerins à la fois.

Le directeur de la caravane aura soin, à Corps, de traiter seul pour tous les pèlerins, du prix des mulets, y compris l'étrenne au guide, avec les maîtres d'hôtel, de telle sorte que les pèlerins n'aient rien à démêler avec les muletiers. Le prix de la monture, la *bonne main comprise*, est ordinairement de 4 fr. à 4 fr. 50.

Les personnes d'une santé ordinaire peuvent très-facilement descendre à pied, du Pèlerinage à Corps, en moins de deux heures.

Les Missionnaires mettent ordinairement leur voiture à la disposition de chaque caravane, pour descendre les colis des pèlerins.

Les directeurs des caravanes s'assureront à l'avance des heures des voitures de Gap ou de Grenoble à Corps, et *vice versâ*, et de la durée du trajet, afin de n'être pas exposés à manquer les trains au retour.

Il est à propos de stipuler aussi, d'avance, que tous les frais de droits de poste et autres, restent à la charge des entrepreneurs des voitures, et non de la caravane.

Nous avons vu avec bonheur des pèlerinages organisés avec le plus grand ordre, classés par dizaines. Le chef de chaque dizaine avait soin, à des heures réglées, de faire réciter le rosaire ou d'autres prières, d'entonner des cantiques qu'on interrompait aux stations. Rien n'aide autant à sanctifier un pèlerinage que la régularité et la piété avec lesquelles on l'effectue.

Il serait à désirer que tous les pèlerins fissent en *même temps* l'ascension de la Montagne et arrivassent ensemble au Sanctuaire.

OBSERVATIONS IMPORTANTES

C'est depuis le commencement de juin jusqu'à la fin de septembre que le temps est le plus propice pour effectuer le pèlerinage à la Salette. Un service spécial de voitures s'organise alors de Gap et de Grenoble à Corps.

De Grenoble (place Grenette et rue Montorge), durant ces quatre mois, il y a au moins deux départs pour la Salette : à six heures du matin et à une heure du soir. Le service de une heure du soir fonctionne toute l'année. Celui de six heures du matin est le seul qui permette au pèlerin d'arriver le même jour, vers les six heures du soir, sur la sainte Montagne.

Les départs de Corps, pour Grenoble, sont, toute l'année, à six heures et demie du matin et à huit heures du soir, et durant la saison du pèlerinage, à onze heures du matin.

Les départs de Gap, pour Corps, ont lieu toute l'année, à trois heures du soir, et, durant l'été, à six heures du matin.

De Corps à Gap, durant l'été, le départ a lieu à trois heures du soir, et toute l'année à neuf heures du soir.

Les prix des voitures de Grenoble à Corps, et *vice versâ*, varient de 6 à 9 fr.

De Gap à Corps et de Corps à Gap les prix sont de 5 à 6 fr.

Le trajet de Grenoble à Corps, par les services réguliers, s'effectue en huit heures, et le retour en six ou sept heures. Par les voitures à volonté, qui n'ont pas de relais, on s'arrête deux heures à la Mure.

De Gap à Corps, le trajet n'est que de cinq heures, soit pour l'aller, soit pour le retour ; il est de sept ou huit heures par les voitures à volonté.

Il arrive souvent que les pèlerins ont à regretter d'avoir retenu d'avance leur place ou leur monture pour le retour.

Il est prudent de ne payer qu'à la fin de la course, le muletier que l'on emploie pour faire l'ascension de la Montagne.

Il est sage, quand on demande en route un service quelconque, d'en déterminer préalablement le prix.

En énumérant les hôtels ou les entrepreneurs de voitures qu'on rencontre sur la route, notre intention est simplement de les indiquer. Nous les classons suivant leur importance, et la facilité que l'on a de les trouver.

I. — GRENOBLE

Buffet de la gare, ou *Chalet des Alpes*, tenu par François Berthaud. — *Hôtel de l'Europe* et *Hôtel Monnet*, place Grenette ; — *Hôtel Vachon*, rue Bressieux, 8.

Voitures à volonté : Compagnie Labourin, bureau de ville, place Grenette. — Le courrier de la Mure, Bayard et Gruizard, place Grenette. — Veuve Soigle, rue Lafayette. — *Hôtel Bayard*, rue Saint-Louis, 2.

Les prix de Grenoble à Corps, *aller et retour*, sont de 50 à 80 fr., suivant le nombre des voyageurs et la longueur du séjour qu'on veut faire au Pèlerinage. — Il est à propos d'y passer au moins deux nuits.

Heures des trains. — Elles sont ainsi fixées, depuis plusieurs années, pour le service d'été :

ARRIVÉES. — De Paris, Lyon, matin : 9 h. 37, 11 h. 25 ; — soir : 4 h. 30, 10 h. 50.

De Valence, matin : 9 h. 17 ; — soir : 4 h. 49 et 9 h.

De Chambéry et de l'Italie, matin : 8 h. 59 ; — soir : 2 h. 29 et 7 h. 38.

De Saint-Rambert, Annonay, Vienne, matin : 11 h. 25 ; — soir : 4 h. 30 et 10 h. 50.

DÉPARTS. — Pour Lyon, Paris, matin : 5 h. 30, 10 h. ; — soir : 2 h. 52, 5 h. 15.

Pour Saint Rambert, Annonay, Vienne, matin : 5 h. 30 ; — soir : 2 h. 52 et 5 h. 15.

Pour Valence et le Midi, matin : 5 h. 45, 10 h. 18 ; — soir : 3 h. 30, Pour Chambéry, matin : 6 h. 50, 9 h. 50 ; soir : 4 h. 50.

II. — VIZILLE

La gare est à trois kilomètres de la ville. — Omnibus à tous les trains. — *Hôtel Mitton*. — *Hôtel Terrat*.

Voitures à volonté. — Bureau du courrier de la Mure. — M. Allègre, à Petitchat, par Laffrey, se charge de transporter, au prix de 10 fr. chacun, *aller et retour*, deux nuits passées au Pèlerinage, les voyageurs, au nombre de six à douze; lui écrire assez à l'avance, lui indiquer exactement le jour et le train de l'arrivée à Vizille, et attendre sa réponse.

Arrivées des trains. — De Rives, Grenoble, matin : 7 h. 55. — De Paris, Lyon, Valence, soir : 6 h. 11. — *Départs :* pour Grenoble, Valence, Lyon, Paris, matin : 9 h.; — soir : 2 h. 10. — Pour Grenoble et Rives, soir : 7 h. 21.

———

III. — LA MURE

Hôtel Pelloux, Hôtel Brachon, bureau du Courrier de Gap ; *Café-Restaurant Robequin,* bureau du Courrier de la Mure à Grenoble.

Tous les jours, départs des services pour Grenoble, à cinq heures du matin, *Hôtel Pelloux,* et à une heure du soir, *Hôtel Brachon.*

Si l'on n'a pu, à Grenoble, prendre un des services pour Corps (à six heures du matin et à une heure du soir) il resterait à prendre vers trois heures du soir, place Grenette, une des voitures de la Mure, qui se chargent volontiers de conduire les voyageurs jusqu'à Corps, moyennant un modique supplément, dont il faut convenir d'avance. Le prix des voitures de Grenoble à la Mure, et *vice versâ*, est de 3 fr. à 3 fr. 50.

IV. — CORPS

Hôtel du Palais, tenu par Mme Dumas, bureau du courrier de Gap. — *Hôtel de la Poste,* tenu par Mme Gonsolin, bureau du courrier de la Mure. — *Hôtel Pellegrin.*

On trouve à chacun des hôtels des montures et des guides pour le Pèlerinage, ainsi que des voitures à volonté pour Gap, la Mure, Vizille et Grenoble. — Les malades peuvent se faire transporter au Pèlerinage, en voiture, au prix de 15 à 20 fr., ou en chaise à porteurs, au prix de 40 fr. la course, ou de 60 fr., *aller et retour*, avec quatre heures de séjour sur la Montagne.

Il y a à Corps un bureau télégraphique.

Voir les autres renseignements, page 11° et 111° de ces notes.

V. — GAP

Hôtel du Nord, Hôtel de Provence, Hôtel Aubert, Hôtel Pelloux, Hôtel Sarrazin.

Services d'été. — François Cheval et Cie, près de la Caserne, à cinq heures du matin.

Toute l'année, à trois heures du soir, on trouve des voitures à volonté au même bureau.

VI. — HOTELLERIE DU PÈLERINAGE

Il y a sur la sainte Montagne, deux grands corps de bâtiments contigus à l'église, destinés à recevoir les pèlerins. Les Pères Missionnaires donnent l'hospitalité aux hommes ; et les Dames religieuses, aux femmes.

Ces deux bâtiments suffisent habituellement pour tous les pèlerins. Toutefois, les jours de grands concours, il est ordinaire que les logements manquent. Ils sont alors accordés aux premiers arrivés. Il serait donc impossible aux Missionnaires d'assurer des chambres aux personnes qui en font la demande pour ces jours de grande affluence. On trouvera toujours, néanmoins, un abri et la nourriture nécessaire.

Pour les personnes qui prennent leur repas à la table commune, dite *table d'hôte*, le prix de la pension est de 5 fr. 50 le premier jour, et de 5 fr. seulement aux jours qui suivent, tout service compris. Mais il y a une seconde table, appelée communément *des portions*, où les pèlerins ne font que les dépenses qu'ils veulent faire, pour la nourriture et pour le logement.

Il est expressément défendu aux serviteurs de la maison d'accepter des étrennes pour eux-mêmes. Les offrandes que les pèlerins veulent bien faire sont employées aux œuvres de la Salette ou, sur leur demande, aux besoins de l'École apostolique.

VII. — MAGASIN DU SANCTUAIRE

On y trouve, à prix fixes et réduits, tous les objets qui se rapportent au culte de Notre-Dame de la Salette. La vente en est toute au profit du Sanctuaire.

Le magasin n'est ouvert, les dimanches et jours de fêtes, qu'en faveur des pèlerins qui arrivent et partent ces mêmes jours. Les autres sont instamment priés d'y faire leurs provisions les jours d'œuvre.

Voici les principaux ouvrages qui y sont en vente :

OUVRAGES PUBLIÉS PAR LES PÈRES MISSIONNAIRES

Avec l'approbation de M⁣gr l'Evêque de Grenoble.

ANNALES DE NOTRE-DAME DE LA SALETTE, paraissant tous les mois en livraisons de seize pages in-8°.
Prix de l'abonnement : 2 fr. par an. Pour l'étranger : 2 fr. 50.
L'abonnement commence par la livraison de juin.
En vente, les 1ᵉˢ (1865-1866), 3ᵉ, 6ᵉ, 7ᵉ, 8ᵉ, 9ᵉ, 10ᵉ, 11ᵉ et 12ᵉ (1877), séparément : 1 fr. 50 ; *franco,* 2 fr.

COLLECTION COMPLÈTE des douze premières années des *Annales de Notre-Dame de la Salette,* reliées en trois volumes : 24 fr. ; *franco,* 27 fr. (il n'en reste que quelques collections).

PETIT RÉCIT de l'Apparition, 32 pages in-32 : 5 cent.; la douz., 0 fr. 50; le cent, 4 fr.; *franco,* 4 fr. 50.

NOTICE HISTORIQUE : Notre-Dame de la Salette, son Apparition, son culte (84 pages in-18), par le P. J. Berthier (opuscule à propager) : 0 fr. 25 ; 3 fr. les 15 exempl., et *franco,* 4 fr.

NEUVAINE en l'honneur de Notre-Dame de la Salette, précédée de la *Notice historique* par le même, 0 fr. 40; *franco*, 0 fr. 50; les dix exempl., 3 fr. 50; *franco*, 4 fr.

CANTIQUES à Notre-Dame de la Salette avec récit, litanies, etc., 0 fr. 20 la douz., 2 fr. 25; *franco*, 3 fr.

— Avec musique (*Salve Regina* de Grenoble), 0 fr. 50; *franco*, 0 fr. 60.

LE PÉLERINAGE DE NOTRE-DAME DE LA SALETTE ou Guide du Pèlerin sur la sainte Montagne, un beau volume in-8°, format oblong, édition de luxe, avec encadrement rouge, broché, *franco*, 4 fr.; relié et enrichi de douze grandes photographies, *franco*, 12 fr.

ALBUM-CARTE, de douze photographies, avec un texte abrégé en regard, *franco*, 2 fr. 50.

LA PRATIQUE DE LA DÉVOTION à Notre-Dame Réconciliatrice, contenant le Manuel de l'Archiconfrérie, le Livre des Retraites de la sainte Montagne, le Mois de Notre-Dame de la Salette. Divers exercices de piété, par le P. M. S. GIRAUD, Missionnaire de Notre-Dame de la Salette. Nouvelle édition : 1 fr. 25; reliée, 2 fr. 25; *franco*, 0 fr. 40 en plus.

DE L'UNION A N. S. J. C., dans sa vie de Victime, par le même, 2me édition, 1 vol. grand-18, de 468 pages, 1 fr. 25; par la poste, 1 fr. 50.

DE L'ESPRIT ET DE LA VIE DE SACRIFICE, dans l'état religieux, par le même, 3me édition, 1 vol. in-12, d'environ 600 pages (ouvrage utile également aux prêtres et aux personnes pieuses), 2 fr. 50; relié, 4 fr.; *franco*, 0 fr. 50 en plus.

IMMOLATION ET CHARITÉ, dans le gouvernement des âmes, par le même, 1 fr. 25; *franco*, 1 fr. 50 (cet ouvrage est uniquement destiné aux prêtres et aux supérieures de communautés religieuses).

DE LA VIE D'UNION AVEC MARIE, MÈRE DE DIEU, par le même, 4e édition, 1 vol. in-18 de 414 pages, 1 fr. 25; relié, 2 fr. 25; *franco*, 0 fr. 25 en plus.

VŒU DE DÉVOUEMENT AU SAINT-SIÉGE, par le même, 2e édition (se vend au profit du Denier de Saint-Pierre), 0 fr. 40; *franco*, 0 fr. 50; les dix exempl., 3 fr.; *franco*, 3 fr. 50.

LA JEUNE FILLE ET LA VIERGE CHRÉTIENNE à l'école des saints, par le P. J. BERTHIER, 4e édition, soigneusement revue et augmentée, un joli vol. in-18 de près de 500 pages, 1 fr. 50; relié, 2 fr. 75.

LA MÈRE, selon le cœur de Dieu, ou devoirs de la Mère chrétienne à l'égard de ses enfants, par le même, 2e édition, 2 fr.

DES ÉTATS DE VIE CHRÉTIENNE et de la Vocation, d'après les Docteurs de l'Eglise et les théologiens, par le même, ouvrage examiné par la censure pontificale. Nouvelle édition : 1 fr.; *franco*, 1 fr. 25.

AUTRES OUVRAGES.

MA PROFESSION DE FOI SUR L'APPARITION DE NOTRE-DAME DE LA SALETTE, par Maximin GIRAUD, l'un des Bergers témoins de l'Apparition, 1 fr.; *franco*, 1 fr. 25.

DE GRENOBLE A LA SALETTE, par Ernest de TOYTOT, belle édition, illustrée par E. DARDELET, 4 fr.; *franco*, 5 fr.

LA SALETTE DEVANT LA RAISON ET LE DEVOIR D'UN CATHOLIQUE, par Amédée NICOLAS, 2ᵉ édition, 2 fr. 50 ; *franco*, 3 fr.

L'ÉCHO DE LA SAINTE MONTAGNE, ou un mois de séjour passé dans la compagnie des petits Bergers, par Mˡˡᵉ DES BAULAIS, 3ᵉ édition, 2 fr.; *franco*, 2 fr. 50.

SUITE DE L'ÉCHO, ou l'Apparition rendue plus évidente, par la même, 2 fr.; *franco*, 2 fr. 50.

L'EAU DE LA SALETTE ET LE RATIONALISME, par le docteur JOURDAN, 0 fr. 75 ; *franco*, 1 fr.

LE MYSTÈRE DE L'APPARITION DE NOTRE-DAME DE LA SALETTE (ou l'Apparition méditée), par Edouard BARTHE, 1 fr.; *franco*, 1 fr. 25.

LA SALETTE, ARS ET FOURVIÈRES, ou l'ami des Pèlerins, par Gabriel DOYAVAL, 1 fr. 25 ; *franco*, 1 fr. 50.

LE MESSAGE DU CIEL, 11ᵉ édition, 0 fr. 30; *franco*, 0 fr. 40.

LA SAINTE MONTAGNE DE LA SALETTE, en 1854, par Mᵍʳ l'évêque de Birmingham, intéressant récit de son pèlerinage (traduction de l'anglais), 1 fr.; *franco*, 1 fr. 25.

LA FLEUR DE LA SALETTE, musique avec accompagnement de piano, 1 fr.

Quelques autres livres de piété, tels que : Paroissiens, Imitation, Recueil de prières, Heures catholiques d'Ars, etc., etc.

VIII. — CORRESPONDANCE

Les personnes qui s'adressent par lettres aux Missionnaires de Notre-Dame de la Salette sont priées de vouloir bien prendre connaissance des présents avis, ayant pour but de répondre aux principales questions qui leur sont journellement adressées :

1° Toutes les lettres contenant des demandes de prières, de messes, de renseignements, d'eau de la Salette, d'objets de piété, d'abonnement aux *Annales*, etc.; tous les mandats, quelle que soit leur destination, doivent être à l'adresse suivante :

Au R. P. Secrétaire des Missionnaires de la Salette, par Corps (Isère).

2° En tête de chaque lettre écrire, *très-lisiblement* et *en toutes lettres*, son adresse ; et quand on demande de l'eau de la Salette ou des objets qui ne peuvent être envoyés par la poste, indiquer exactement la station du chemin de fer qui correspond avec la localité qu'on habite. Aucun envoi n'est fait contre remboursement ;

3° Ne pouvant répondre à toutes les lettres, les Missionnaires adressent souvent un petit imprimé, indiquant aux personnes qui leur écrivent qu'on a aussi bien que possible fait droit à leurs demandes ;

4° Quand on fait des réclamations, ou quand on solde quelques dettes, il faut toujours indiquer la date des lettres expédiées ou reçues, qui ont trait à l'affaire en question ;

5° Les sommes d'argent doivent être envoyées en mandats sur la poste, ou en lettres de crédit à vue et sans frais. Les timbres-poste n'arrivent sûrement à destination que par lettres chargées, ainsi que les billets de banque, les coupons et les bons au porteur.

Les timbres-poste français sont seuls acceptés ;

6° Les envois d'eau de la Fontaine miraculeuse se font à raison de 1 fr. le litre (n'importe le nombre), pour frais de vases, cachet, caisse, emballage, transport du Pèlerinage à la gare de Grenoble. De là, le port et les accidents sont à la charge du destinataire. L'eau ne peut pas être envoyée par la poste ;

7° Quand on demande des objets de piété, bien désigner chaque fois la qualité et la quantité de ceux que l'on désire, et le prix qu'on veut y mettre. On envoie gratuitement à toute personne qui en fait la demande le catalogue des objets et des livres tenus dans le magasin du Pèlerinage. La plupart de ces objets peuvent être envoyés *franco* par la poste ;

8° Les honoraires de messes sont fixés à 2 fr. par l'Autorité diocésaine, en faveur du Pèlerinage, et de l'Ecole apostolique ;

9° Des lampes à l'huile d'olive peuvent être entretenues dans le sanctuaire du Pèlerinage à raison de 80 fr. par an et de 2 fr. 50 par neuvaine ;

10° Les Missionnaires déclarent expressément que personne n'est chargé par eux de colporter des imprimés ou objets de piété, de recueillir des aumônes, des honoraires de messes, de neuvaines, non plus que des noms pour l'Archiconfrérie, dont l'inscription est gratuite ;

11° Pour être associé à l'Archiconfrérie, il est nécessaire d'envoyer ses noms de baptême et de famille, et utile d'indiquer le jour que l'on a choisi pour son entrée dans l'Association, à cause de l'indulgence plénière qui y est attachée ;

12° Il est bon de mettre sur une feuille séparée les noms pour l'Archiconfrérie, ainsi que les intentions qu'on désire être recommandées aux prières de la Communauté et des Pèlerins ;

13° Chaque jour, depuis le 19 mai jusqu'au 19 septembre, et le premier samedi de tous les autres mois, les PP. Missionnaires célèbrent une messe pour les bienfaiteurs vivants et défunts du Sanctuaire ;

14° On donne chaque année, au Pèlerinage, trois retraites solennelles : la première, du 27 juin au 2 juillet ; la deuxième, du 10 au 15 août, et la troisième, du 14 au 19 septembre ;

15° Les personnes qui connaissent des faits édifiants et *authentiques*, concernant la dévotion à Notre-Dame de la Salette, sont priées d'en donner connaissance, afin qu'ils puissent trouver leur place dans les *Annales de Notre-Dame de la Salette* ;

16° Une partie de l'intérieur du Sanctuaire est déjà revêtue de marbre. Désormais, ceux qui voudront offrir un *ex-voto* à Notre-Dame de la Salette, feront bien de faire l'acquisition d'une des tables de marbre fixées d'avance, et sur lesquelles on peut faire graver des inscriptions ;

17° Nous recommandons à la charité des personnes dévouées au culte de Notre-Dame Réconciliatrice, l'Ecole apostolique fondée au Pèlerinage, où sont admis des enfants de familles honnêtes, mais souvent pauvres, qui se destinent à devenir Missionnaires de Notre-Dame de la Salette.

Grenoble, Baratier et Dardelet.

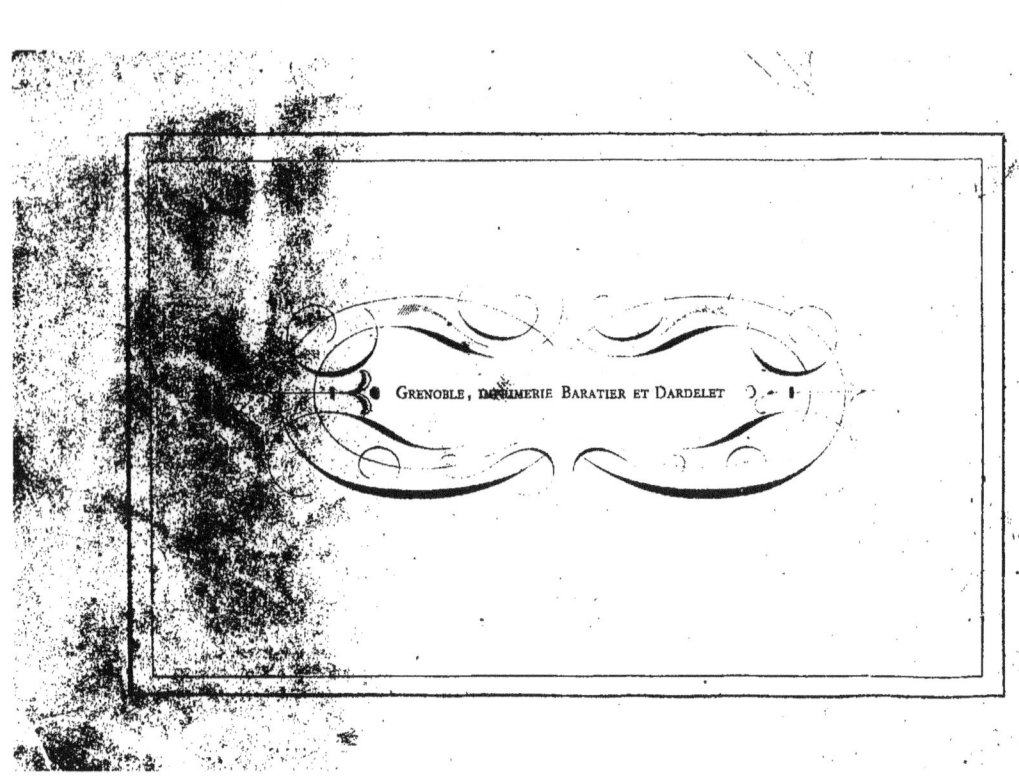

GRENOBLE, IMPRIMERIE BARATIER ET DARDELET

www.ingramcontent.com/pod-product-compliance
Lightning Source LLC
Chambersburg PA
CBHW070851030726
47504CB00005B/1309